尋找孫悟空大聖

曾德盛 著

目錄

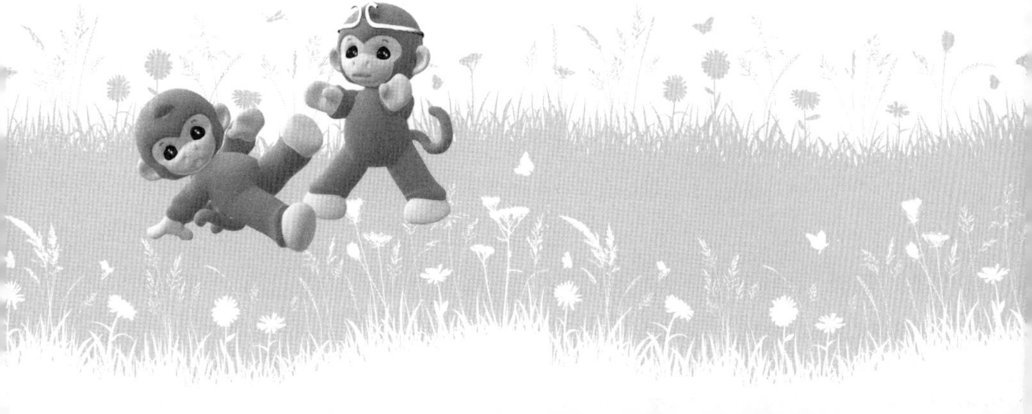

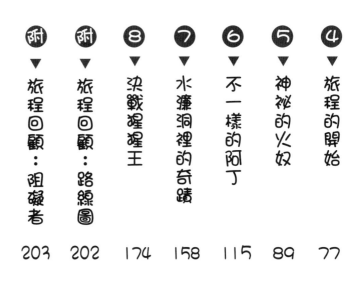

人物介紹

阿丁

猴人族女祭師的兒子。因爸爸失蹤、女祭師平日繁忙，因而疏於照顧，養成他怠惰、不負責任的性格，是猴人族公認最沒用的傢伙。

柔柔安公主

猴人族族長的孫女兼繼承人。外型甜美且武藝超群，慣用飛刀，為作好繼承人準備，常壓抑感情、冷漠待人。

女祭師

阿丁的媽媽。平日忙於祭祀及教育下一代，在嚴肅的外表下，有一顆悲天憫人的心，唯一遺憾是沒有教好阿丁。

火奴

猴人族的勇士。因故被猿人族抓去打斷雙腿，會變出水和火來烹煮食物，所以被猿人族當作工具沒被吃掉，但仍伺機想逃走。

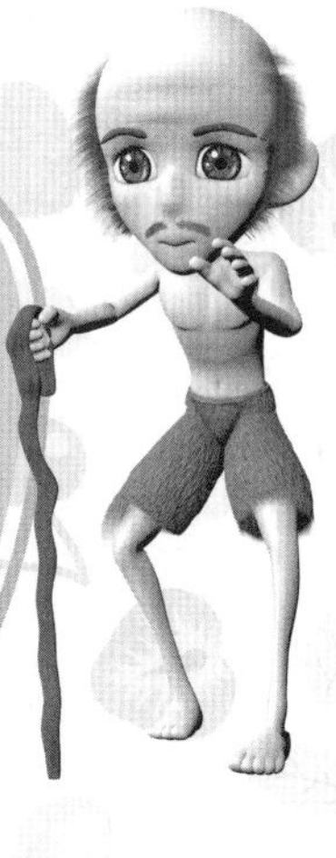

飛猩女

猩猩族的辣妹殺手。敢愛敢恨，慣用雙刀，長有一對肉翅，奉猩猩王之命截殺阿丁與柔柔安公主。

猩猩王

飛猩女的大伯父。外表慓悍、體型巨大，被牛魔王附身後，變得凶殘霸道，為了得到四大能量石，率領猩猩族戰士攻占其他猴族部落，造成生靈塗炭。

前言

天生我才必有所用，每個人都有自己的興趣及專長，只要有適當的舞台與機會，必能激發潛能、發揮所長，成就一番大事業。

本書描述一個在同儕眼中最不起眼、最最沒用的人，在尋訪救星孫悟空的過程中，歷經各項考驗，雖未如願找到救星，但為生存而激起了本身沉寂已久的戰鬥細胞，日錘夜鍊，終能戰勝邪惡，解救族人。

本書用語詼諧、節奏明快，還有精緻的可愛插圖，必能引領我們體驗一段有趣、驚險又感人的尋聖之旅。

猴人村分布圖

序

雲霧在墨紫夜空中翻騰，電光與火石不時迸射而出，劃出一道道灼眼的光芒，忽然「碰」一地一聲巨響，隨後四周動靜全都停止了。

雲煙漸漸散去，只見孫悟空正拿著如意金箍棒，與手持大環刀的牛魔王對峙著。

孫悟空不可一世地向牛魔王喊道：「牛魔王！你好大的膽子，敢向我孫悟空挑戰！」

輕蔑的口吻惹得本就火冒三丈的牛魔王更加怒火中燒：「孫悟空你這隻臭猴子，我的老婆和兒子都被你害死了，我跟你勢不兩立，看我的厲害！」牛魔王大氣一吐，逼得孫悟空退於十丈之外。

孫悟空面容扭曲，皺起鼻子說：「牛魔王你是多久沒刷牙啦？臭死了！再來啊，誰怕誰！」語畢，一棒打在牛魔王的大環刀上，頓時爆出強烈的閃光，大環刀被打得「嗡嗡」作響，閃避不及的牛魔王踉蹌地退了幾步。

孫悟空笑道：「嘻嘻，老牛你不是我的對手，回去再苦練八百年吧！」

牛魔王氣得大吼：「我牛魔王可不是好惹的！」隨即用大環刀猛擊孫悟空，將孫悟空逼退至五十丈後。豈料孫悟空絲毫沒有受挫的樣子，反而一派輕鬆地

問：「哈，就這樣？」

「可惡，不給你一點點顏色瞧瞧，你這潑猴便不知天高地厚！」話才說完，牛魔王的大環刀瞬間變大，刀身周圍閃著耀眼的光芒。他挾著刀芒劈向附近一座高山，將山頂給切開。

「看我的火焰山！」裂口處竄出一團熊熊火焰，環繞著山頂，牛魔王刀鋒一轉，將火燄山轟向孫悟空，自己也從另一個方向急速朝孫悟空衝去。

「別怪我，你這可是自作自受！」孫悟空拿出一把小扇子，朝大火及牛魔王的方向輕輕搧了搧。

牛魔王頓時臉色大變，驚叫道：「芭蕉扇！」

孫悟空面露笑容說道：「是的，投桃報李還給你！」

燃燒的山頂被芭蕉扇一搧，立刻調轉了方向，往牛魔王撲去，火焰燒得更加猛烈了。

「啊！」牛魔王趕緊提起大環刀，想要擋住這兇猛的火勢，孫悟空自然不會讓他稱心如意，一棒打向牛魔王，大環刀應聲斷裂，牛魔王的腹部也被金箍棒擊中。

「哎呀！」吃痛的牛魔王發出淒厲的慘叫。

「看你怎麼擋？嘻嘻！」

火舌如猛獸倏然竄起，很快就將牛魔王吞噬，牛魔王痛苦地大聲哀號，與大火同時墜地，爆炸燃燒。

「啟動火眼金睛，掃瞄！」孫悟空的眼睛射出閃亮光暈，在附近來回搜尋。

「這溫度至少有一、兩千度，芭蕉扇真不是蓋的，下去瞧瞧吧！」當孫悟空從半空中飛下去時，他腳上的毛竟然開始燒起來。

「奇怪，那隻老牛呢？哇！我的毛呀！」一發現自己的腳著火，孫悟空立刻向上飛，用手不斷拍打身上燃燒的毛，將火撲滅。

這時豬八戒匆匆忙忙跑了過來，對孫悟空喊道：「師兄，師兄！師父他……」

「師父他怎麼了？」孫悟空一把抓起豬八戒問。

「師父他受了驚嚇，我們快回去看看他吧！」豬八戒緊張地說。

孫悟空說：「我不是叫你照顧他嗎？」

豬八戒回答：「可是，師父說有你在，他比較放心。快走吧！」

孫悟空急道：「但牛魔王還沒找著呢！」

豬八戒一邊用手抓起長耳搧風，一邊皺著眉說：「這方圓百里的東西都燒得一乾二淨，那老牛也該沒命了吧！我們還是趕快離開這裡，萬一又有妖怪去找師父怎麼辦？」

「哼，真囉嗦，走就是了！」孫悟空轉身就走。

「喂！師兄，師兄！」豬八戒有些不安地回頭看了看火場，卻沒時間顧慮太多，孫悟空卻已縱身飛上天空，倏忽便不見縱跡。

「師兄，等等我呀！等等我呀！」豬八戒跟著孫悟空的方向離開，沒有注意身後的火場裡跳出一個紅色光團，晃動了一會兒便隱入地下。

1 女祭師的煩惱

偌大的石室中盪漾著一股幽暖回音，石壁上的斑駁刻畫出滄桑的歲月痕跡，幾排石椅上坐滿了小猴子，每個人都悠然神往地注視著前方的女祭師，聚精會神地聆聽著。

「孫悟空幫助唐三藏到西天取經，完成使命後，就隱居在聖地花果山……」女祭師用輕柔的嗓音認真講述著大聖的傳奇故事。

那天，花果山上齊放的百花散發著熠熠生輝的螢光，孫悟空飛到了山頂，全身都透著光芒。光芒逐漸擴大，隨後分成四道小光束，各自往東、西、南、北四個方位散射出去。

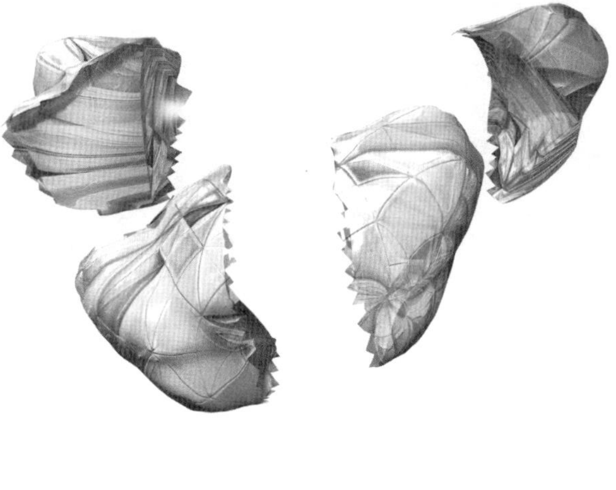

猴人族

狒狒族

猿人族

大猩猩族

「原來，大聖將全身法力化為四顆能量石，分散到四大猴族，以保佑後代子孫平安幸福。」

然而，當時那沒有人注意到的紅色光團，此刻卻出現在地面上，慢慢變成一個小小的紅色牛頭人形，向往北的小光芒飛去。

「這就是我們的神——孫悟空大聖的光榮事蹟，大家要以他為目標，好好學習！」

小猴子們同時以整齊又宏亮的嗓音答道：「是的，祭師！」

「祭師！請問四大猴族是哪四個？」一隻圓臉小猴問道。

「四大猴族就是我們猴人族，以及狒狒族、猿人族，還有北方的大猩猩族。」女祭師回答。

長臉小猴接著問：「那孫悟空大聖還在花果山嗎？」

「傳說是這樣的，但是經過這麼多年，就不知道現在大聖還在不在了。」

圓臉小猴忍不住爬上石桌，追問：「那要怎麼樣才能看到他呢？」

女祭師說：「你可以練好武藝，親自爬上花果山去見他。」

「好！」圓臉小猴用力地點著頭，女祭師見他那副嚮往的模樣，笑著將圓臉小猴從石桌上抱了下來，說道：「所以你們要好好努力呀！」

眾小猴異口同聲：「是！」鏗鏘有力的回答彷彿是在激勵自己。

這時，長臉小猴小聲地向旁邊的圓臉小猴問：「阿丁大哥怎麼還沒來？」圓臉小猴不以為意地說：「你又不是不知道，他每天都遲到，準時到才奇怪呢！」

「那他什麼時候來？他向我借的玩具到現在還沒有還呢！」長臉小猴解釋道。

圓臉小猴搖搖頭：「阿丁都已經留級三年，老大不小了，還這麼不懂事。」

長臉小猴跟著說：「就是啊，仗著他是祭師的兒子就……」抱怨的話還沒說完，就被察覺有人竊竊私語的女祭師打斷：「你們在說什麼？」

機靈的長臉小猴立刻答道：「啊……孫悟空大聖是我們的好榜樣！」圓臉小猴馬上附和：「對，好榜樣！」

女祭師點點頭：「嗯，好好努力！」正要開口再說些什麼，卻突然想到了什麼，眉頭一皺，問道：「阿丁這猴崽仔野到哪裡去了？」

石室外約二里處有片棗林區，其中一棵棗樹下不時發出「咻——咻——」及棗子掉落的聲音。

「嗯，真好吃！」阿丁正愜意地享用著鮮美甘甜的棗子。

他仰躺在地上，用嘴吐出棗核，再將棗核往上一拋，精準射中樹上的棗子使其掉落，不偏不倚地都落進了他嘴裡。

「技術好的沒話說。」阿丁對自己的表現非常得意。

突然地面強烈震動了起來，引起棗樹一陣晃動，樹上的棗子紛紛掉落下來擊中阿丁的臉。

「哎呀！是誰這麼大膽？」被砸中的阿丁十分不爽。

他跳起來，左右各看了一眼，再從樹與樹的葉縫間往外一瞧，看見不遠處有

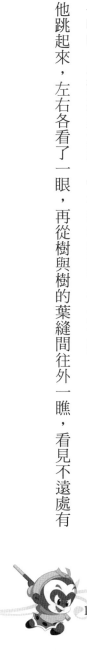

個紅髮的狒狒族戰士與藍髮的狒狒族戰士正在打架，兩人的拳風斧影打在樹上，引起一陣又一陣劇烈的晃動。

「原來是你們這兩個瘋子跑來這裡搗蛋，破壞了我美好的早晨……咦？等等，這兩個不是狒狒族嗎，跑來這裡幹嘛？」

他定睛一瞧，發現在兩隻狒狒族戰士的後方，有一隻剛被吵醒的大野豬。

「哼！既然得罪了我，就給你們一點教訓瞧瞧。」

阿丁拿起腳邊的一塊石頭，朝大野豬扔去。石塊正中大野豬的臉頰，牠的臉立刻扭曲變形。被激怒的大野豬看見兩隻狒狒族戰士，怒氣沖沖地朝他們衝撞過來。

「嘿嘿！這下有好戲可看了。」躲在一旁的阿丁竊笑著。

正在打鬥的兩隻狒狒族戰士，聽見大野豬衝來的沉重步伐聲，分別輕鬆飛升閃開，繼續戰鬥。大野豬不但沒撞到狒狒族戰士，反而略微調頭，挾著千鈞之力衝向阿丁躲藏的樹叢。

「啊！糟糕了！」阿丁瞪大眼睛，轉身拔腿就跑。

石室內的小猴們分散站立，認真地練習著剛剛傳授的招式，女祭師在其間來回穿梭，耐心地指導著。

「來，你的腳應該後退一點。」圓臉小猴照著指令把腳往後移。

「現在是不是比較穩一點？」話剛說完，地面就開始微微搖晃。

「是啊，咦？地板在跳舞耶！」呆呆的圓臉小猴完全沒有危機意識，長臉小猴卻大叫：「是地震！」

「奇怪，這裡很少有這麼大的地震。快！大家快到外面去！」女祭師驚訝之餘，連忙催促小猴們跑出石室。

不遠處的樹林內傳來轟隆隆的聲響及震動，圓臉小猴發現了，指著樹林說：「那裡好像有聲音！」眾人紛紛看向樹林，只見阿丁倉皇地從林中逃出。

「看，是阿丁大哥！」長臉小猴驚叫道。

「哇！阿丁大哥出場，氣勢果然不同凡響！」圓臉小猴興奮地拍手叫好。

一隻大野豬也跟著衝出樹林，發瘋似地拼命追趕著阿丁。

「救命啊！」阿丁驚恐地四處逃竄，憤怒的大野豬緊追在後，發出一聲驚天動地的怒吼，隨即更奮力地衝向阿丁。

「啊！」小猴們被這驚險的景象嚇得驚叫連連。

「阿丁！」女祭師飛身越過阿丁，直接跳坐到山野豬的脖子上，伸出雙手用力壓著野豬的頭。

野豬痛苦地掙扎著，卻仍沒有停下來的意思，女祭師手腕一轉，用力將野豬的頭扭向旁邊。

大野豬頓時失去了重心，重重撞在旁邊的樹幹上，女祭師俐落地跳了起來，樹幹「啪」的一聲斷裂，大野豬也倒在地上，昏死過去。

女祭師落地後立刻轉頭找尋阿丁，她的嘴角微微抽動，整張臉因極力壓抑怒氣而漲得通紅。所有小猴見狀，全都嚇得噤若寒蟬。

此時阿丁早已混入猴群之中，但眼尖的女祭師很快就發現他的藏身之處，一個箭步就揪住阿丁的耳朵，將他從猴群中拉了出來。

「哎哎哎！輕一點，輕一點嘛！」阿丁疼得哇哇大叫。

「沒事不來上課，成天就會惹事生非。我怎麼會有你這樣不長進的兒子！」

「問你呀。」阿丁低聲咕噥了。

女祭師聽了，氣得揪著阿丁的耳朵用力一甩，阿丁整個人撲倒在地。

「耳朵快斷了啦！」阿丁一邊哀號，一邊用手揉著通紅的耳朵。

女祭師生氣地說：「還敢說！你自找的。」

「又不是我主動去惹的！」阿丁委屈地說。

「不是你還會有誰？」

「是我發現有兩隻狒狒族戰士在打架，接著……嗯……就，就引起野豬的攻擊……」阿丁說到後頭有些心虛。

「什麼狒狒族？根本連個狒狒影子都沒看見！」女祭師心想這小子又在找藉

口了。

「剛才在棗林區那邊真的有兩隻狒狒族戰士在打架嘛！為什麼不相信我？」阿丁沮喪地說。

「你也編個像樣一點的理由，平常狒狒族是不會到這兒來的……你到棗林區那兒做什麼？」

阿丁心裡暗叫糟糕，摸著頭，結結巴巴地說：「啊……我……」

「你可別偷吃族長的棗子，那可是他要用來泡酒喝的。」女祭師警告道。

「我沒有！只是這幾天腸胃不舒服，怕把你們薰臭了，特地到遠一點的地方去上大號……」

「理由這麼多，你一天到晚遲到，又不交作業，別人向我告狀的事情一籮筐，我都還沒……」女祭師話還沒說完，就被圓臉小猴打斷：「祭師，有人找您。」

「誰？沒看見我在教訓小孩嗎？」女祭師不太高興地問著。

一隻猴兵從後方站出來，大聲稟報：「祭師，族長請您趕快過去，有急事！」

「喔！好吧，我現在過去。」女祭師勉強答應。

阿丁見逃過一劫，頓時鬆了一口氣。

女祭師臨走前瞪了他一眼：「阿丁你給我留在這裡，等我回來繼續算帳！」

阿丁不禁發出哀號。

2 猴族的危機

會議堂周圍站滿了猴兵，個個聚精凝神、如臨大敵。

一隻紅髮狒狒戰士躺在會議堂裡的地板上，身上血跡斑斑，敷滿了樹葉，被麻布繃帶緊緊纏繞著，不斷發出痛苦的呻吟。站在紅髮狒狒戰士右方的是一頭及地長髮的猴人族族長，左邊的則是穿著白袍的猴醫官，以及兩位猴人。

「大猩猩族個個身強體壯，我們狒狒族根本不是他們的對手，尤其是那個猩猩王，只是用手輕輕一推，我們族長就被打落山崖了！咳……咳……」紅髮狒狒戰士情緒非常激動，邊說邊咳。

「難道大猩猩王的功力突然升高了？」族長皺著眉頭，有些納悶。

「他們下一個目標，肯定是你們猴人族！」紅髮狒狒戰士激動地坐了起來，傷口卻因拉扯再度被撕裂，痛得他哇哇大叫。

「快扶他躺下。」

「是！」猴醫官照做，並且馬上為紅髮狒狒戰士療傷。

「族長！咦？是狒狒族人……」匆匆趕到會議堂的女祭師，一入門就瞧見這副場景，她非常驚訝，不禁想：難道阿丁說的是真的？

「猩猩王破壞協定了。」族長憂心忡忡地說。

女祭師正想追問，就聽紅髮狒狒戰士痛苦地大叫，女祭師連忙問說：「他的傷勢如何？」

猴醫官信心滿滿道：「放心，在我手裡，死不了。」

「猩猩王已經攻占狒狒族了。」族長對女祭師說。

女祭師皺了皺眉，說：「他想做什麼？難道……是想霸占能量石嗎？」

「沒錯，他就是想占有全部的能量石，獨霸天下，你們一定要拿出更強大的武器來對付他，為我們狒狒族人報仇！」紅髮狒狒戰士顧不得自己的傷勢，高聲喊道。

「別激動，別激動！身體要緊啊！」族長趕快安撫紅髮狒狒戰士。

「嗯，更強大的武器……」女祭師眉頭深鎖，心想：這次可能麻煩大了。

狒狒族的密室內，一塊堅硬的方形石板突然爆炸，一時間火花四濺、煙硝瀰漫。當煙霧逐漸散去，原本的石板後方露出方塊形的小洞，洞內的深綠玉石支架上，端放著一顆晶瑩剔透的橘色光球。

「太好了！」猩猩王像是發現埋藏千年的珍寶般，興奮不已。他拍了拍旁邊一隻猩猩戰士的肩膀說：「去，把那顆光球拿出來給我。」

「是。」

猩猩戰士靠近橘色光球，當他伸出手時，電光突然爆射出來，繚繞在支架周圍，猩猩戰士立刻被電得哀鳴不止，沒多久，冒著煙的身體逐漸發黑，最後倒地不起。

猩猩王一腳踢開猩猩戰士的屍體，其他猩猩族戰士都面面相覷，不敢發出任何聲音。

「嘿！以為我會不知道你們的鬼點子嗎？」猩猩王邊說邊將橘色光球拿出來，在手中把玩了一陣，說：「這就是死猴子的第二顆能量石嗎？你是我的啦，啊哈！」他將橘色光球往上方一拋，接著張開雙手，從掌心發出白色光線，牽引著橘色光球。

猩猩族戰士們都看得目瞪口呆，猩猩王更得意了。

橘色光球開始在空中旋轉，被白色光線帶出閃亮的橘色光芒，而後，橘色光芒進入猩猩王的兩隻手掌心。

「哈哈！」猩猩王放聲大笑，一切都是那麼地順利。

橘色光芒繼續滲入猩猩王的掌內，他的身體也開始發出亮光，背後隱隱出現牛魔王發著紅光的形象，體型也變得更加高大，猩猩族戰士們見狀，紛紛露出驚嚇的表情。

當最後一束橘色光芒進入猩猩王的掌中，橘色光球片刻間便化為灰燼，隨風飄散。

「哈哈，臭猴子，這就是你後代子孫的命運啦，哈哈哈哈！」猩猩王粗獷的笑聲迴盪在密室內，幾里外都聽得到聲音。

阿丁一邊大笑，一邊走在猴人族村莊的路上：「哈哈，當我這麼傻，還乖乖留在那裡，等著被你罵呀！」阿丁腳底抹油，落跑的速度可是無人能及。

「阿丁大哥！」村莊的一隻小猴人看見阿丁，開心地叫著。

「嗨，要不要一起去抓田鼠啊？」阿丁熱情地邀請。

一隻大猴人馬上出現，趕緊拉走小猴人：「別跟他玩，這小子會把你帶壞！」

阿丁明亮的表情瞬間暗了下來。

只見路邊房舍的窗戶一間接著一間關上，一隻半躺在路上乞討的大猴人看見阿丁，立刻以拇指朝下，對他表示不屑。

「哼！這些人啊，好像我是瘟神似的。沒關係，你們就繼續看不起我，總有一天，我會讓你們後悔的！」阿丁又是生氣又是委屈，低頭踢著小石子，嘴邊不停地咕噥著。

「阿丁大哥！」當阿丁還沉浸在自己的思緒時，一隻尖臉小猴從街角水果攤的角落裡，興奮地衝了出來。

「什麼事啊？」阿丁被突然衝出的尖臉小猴嚇了一跳，語氣有些不耐煩。

「你看！這是我畫的圖，你覺得怎麼樣？」尖臉小猴拿出一張樹皮圖，滿臉期待著看著阿丁，希望聽到他的讚美。

「我希望我們猴人族以後能有一個這樣子的地方，可以在那裡玩耍，這是我花了五天時間才完成的喔！」

阿丁看著樹皮圖，依稀可辨認上面畫著山、水、花園、溜滑梯，但畫工十分粗糙，有些地方甚至疊了太多的顏色，看起來黑黑一團。「這是什麼圖？咦，這個好像是大便喔！哈哈哈，別浪費時間了。」阿丁邊笑邊將樹皮圖丟還給尖臉小猴。

「啊！」尖臉小猴的自信心徹底被阿丁擊碎了。

猴人族的祭壇內，女祭師與族長正神情肅穆地站著，兩人前方立著一尊八尺高的孫悟空木雕，雕像前的一張梨花木貢桌上，擺著一具黑盆子。

「呀米蘭閂……去！」女祭師唸著咒語。

一唸完咒，她將手上幾個牛骨往前一丟，擲入黑盆子裡，煙霧瞬間裊裊竄升。當煙霧漸漸散去後，女祭師與族長緊張地往前走近，看到黑盆子內有三塊黑骨，塊白骨滾出盆子外，斷成了三塊。

「啊！」女祭師忍不住叫了出來。

「怎麼了？」族長十分緊張，整張臉都擰在一起。

「依照卦象來看，三天……三天後，我族即將面臨一場前所未有的大災難！」這個消息宛如一顆炸彈轟地一聲炸開，族長的臉就像被炸過一樣黑。

「啊？三天？這麼快！」族長驚愕不已。

「是的，族長。」女祭師回答。

「那有什麼辦法可以化解危機呢？」族長問。

「有，關鍵就在那白骨！」

「白骨裂成三段，豈不是凶兆嗎？」族長有些困惑。

「白骨代表災禍是可以化解的，只是斷成三段，表示過程會很艱難。」

「嗯……」族長想了想，下達指令：「立即召開會議！」

「是！」

會議堂裡，族長、女祭師及各長老們圍坐在大圓桌旁

「快想點辦法來對付大猩猩族呀！」族長急得像熱鍋上的螞蟻。

「我們在族區的外圍挖一條護城陷阱吧！」白髮長老摸著他的白鬍鬚，提出建議。

「這樣太慢了，說不定護城陷阱還沒挖好，大猩猩族就攻來了。倒不如直接

抓些毒蛇和蠍子來丟他們比較快——以毒攻毒嘛！」禿頭長老說。

「這樣太殘忍了，乾脆用火藥去炸他們好了，嘿嘿！」花髮長老向來喜歡簡單有效的方法。

族長卻擔心：「這樣可能會誤傷自己人。」

「還是設陷阱好了，我最近研究出一種樹，它的樹汁充滿黏性，你看，這個人已經被我黏住三天，到現在還解不開。」白髮長老拉出一個手腳被黏在一起的猴人，這猴人雖然奮力掙扎，卻仍掙脫不開，發出痛苦的聲音。

「這就是我的新發明！」白髮長老十分滿意自己的傑作。

禿頭長老覺得那人有些眼熟，仔細一瞧，立刻大叫：「他是我姪子，你怎麼可以把他當成白老鼠？」

白髮長老無所謂地說：「是他自己溜進我的研究室想偷東西。」

「胡說八道！你究竟沒有把我放在眼裡！」禿頭長老氣呼呼地，只見他一個飛身撲到白髮長老身上，兩人立刻扭打成一團，其他人對他們的吵吵鬧鬧早已習以為常，也不去管兩人，繼續開著會。

「不然去搬救兵，找猿人族來幫忙。」花髮長老又提議。

「猿人族啊……聽說他們現在很變態，什麼都吃，找他們幫忙，可能會先被吃掉吧。」族長說。

正當大家在苦思妙計時，突然出現一道稚嫩的聲音：「乾脆去花果山請孫悟空大聖出來幫忙好了。」

「對啊！咦？誰在說話？」族長張望四周，想找出是誰的聲音。

花髮長老見有人混進猴人族會議，生氣地說：「到底是誰？竟敢偷聽！」

圓臉小猴從角落的洞裡走出來。

「小猴是不可以隨便闖入的，衛兵！」聽到花髮長老的呼喚，一位猴兵立即衝了進來，抓住圓臉小猴的衣領，把他提起來。

「喂！抓我做什麼？」圓臉小猴不斷掙扎。

「等一下，找孫悟空大聖出山幫忙……這或許是個可行的辦法！」族長說。

「族長！不過是一隻小猴子的戲言，怎麼能當真？」花髮長老抗議。

族長笑了笑，說：「只要是合理的建議，不管是誰說的都可以考慮。」

一直沒說話的女祭師贊同族長的想法：「從前孫悟空大聖也是從小猴子慢慢長大的，我們不應該因為年紀小就忽視他的建議。」

「沒錯。」族長隨即想到：「但在出發尋找大聖之前，我們得先選出合適的人選。」

「去玩吧！」女祭師由猴兵手中接過圓臉小猴，將他輕輕放在地上，圓臉小猴點點頭，蹦蹦跳跳地離開了。

「明天正好是猴人族兩年一次的花冠勇士比賽，我們就以這個名義舉辦比武大賽，選出去尋找大聖的人。」女祭師又叮嚀：「但是，關於大猩猩族要來攻打我們的事，千萬不能讓族人先知道，以免造成恐慌。」

族長作出結論：「這件事就這樣決定了。但我們還是要同時進行陷阱的研究，並且在明天選出最強的勇士，到花果山去請孫大聖出山幫忙。」

猴人族村莊的大門口擠滿了猴人，他們個個背著行囊，有的推著推車，有的拉著板車，爭先恐後地想要離開：「快走，大猩猩族要來攻擊我們了！」

「怎麼辦，怎麼辦？」

「只能趁他們來之前，趕快先溜了！」

就在眾猴人七嘴八舌之際，突然一道人影從天而降，輕巧地落在大門邊。

「啊！是祭師！」

「祭師，難道你是來阻止我們離開的嗎？」

「各位族人，我不是來阻止你們離開的。相反的，我是來送你們一程。」女祭師看著大家說道。

猴人們聽了，都十分錯愕：「啊？送我們？」

「是的，我要謝謝你們，在糧食蔬果還沒收成之前就要離開，將辛勤耕耘的農作送給我們這些留下的人。」女祭師誠懇地說。

猴人們像是瞬間被點醒了一般，說：「對喔，這樣我們豈不是虧大了！」

「別擔心，為了補償你們，我準備了東西要送給你們，來。」女祭師對三位猴兵示意，讓他們搬來一些刀箭和武器放在地上。

猴人們一頭霧水：「這些是？」

「這是一些防身武器，我想你們離開後會很需要它們。」女祭師說。

「什麼意思？」

「記住，你們離開這裡後，千萬要小心。如果往北方走，會有劍齒虎，往南方走，則有狼人族，以及各式各樣的妖怪，不分晝夜地埋伏在四周，你們一定要刀不離身，隨時警戒！」聽了這番話，猴人們開始騷動不安。

「那……那該怎麼辦？」對於離開猴人族的決定，有人開始猶豫了。

女祭師話鋒一轉，說：「各位族人，因為有你們在，這裡才成為猴人族的家園，你們要走隨時都可以走，但是你們走了，這個猴人族同心協力共創的家園就沒了！家沒了，我們就是沒有根的人，沒有根的人，隨時會被外面的敵人殺掉，或是淪為奴隸，你們願意這樣嗎？你們願意自己的子子孫孫任人欺凌宰割嗎？」

猴人們被女祭師的話打動了，紛紛高呼：「不願意！」

「對！因為我們是猴人族，是孫悟空大聖的嫡傳子孫，是最優秀的種族，受到大聖的庇佑也最多，不是嗎？」女祭師慷慨激昂地問著。

「是啊！」

「最重要的是，我們還有許多尚未公開的祕密武器留在這裡，保護著大家，請看！」女祭師的手中突然射出一道強烈光柱，光柱照射之處，「轟」的一聲，遠處一塊堅硬的黑色大石頓刻爆裂，碎石塊四處飛濺。

「哇！」猴人們被這強大的爆炸威力嚇得瞠目結舌。

「相信我，只有團結，才有足夠力量來對抗一切邪魔歪道，讓我們一起擊退敵人，好嗎？」

「好！我不走了，反正跑到外面去，也不見得會比留在這裡安全。」

「對呀！對呀！」猴人們終於被說服，願意留下來守護家園。女祭師這才鬆了一口氣，暗自祈禱接下來尋找大聖的任務一定要順利。

遠處的幽暗樹叢中，有個人探出頭來，將這一切都看在眼裡。他就是那隻原本身負重傷的紅髮狒狒戰士，此時他剛被醫官治癒，不知怎麼地就到了這裡。

「嘿嘿，果然有祕密。」紅髮狒狒戰士露出一抹陰險的笑容，轉身離去。

這天一大早，猴兵們爬上梯子，敲敲打打，忙著將最新的告示牌釘在路邊的樹幹和石柱上。四周的猴人們紛紛湧上前觀看。只見告示牌上以醒目的紅色大字寫著：明天舉辦比武大賽，將選出最強的勇士！

「哇！是比武大賽耶！不過……選出最強勇士是要做什麼呢？」一隻胖猴人看起來非常興奮。

「可能是替柔柔安公主找未來老公！號外！號外！」一隻瘦猴人立即扯著嗓門，對外發送這個消息。

這時，在族長家外的院子裡，柔柔安公主正輕巧地跳上樹幹，身手矯健地翻了幾個後空翻，突然一個大旋身射出樹枝，將數個小甕擊破，最後完美地落在地面。

在一陣甕灰之中，一名小猴女走了進來目睹這一幕，忍不住讚嘆地拍著手說：「好棒，好棒喔！柔柔安公主真是厲害！」

柔柔安公主轉過身來，露出秀麗的臉龐與結實的身材，那短打緊身獵裝的衣帶仍隨風飄揚。

「這沒什麼，小菜一碟！」柔柔安公主用手擦了一下由額上滴落的汗珠，她今天已經在這裡訓練五小時了。

「對了，聽說族長要給您選未來女婿。恭喜恭喜呀！」小猴女祝賀。

柔柔安公主聽了，臉上的柳月眉皺成一團：「你聽誰說的？」

「大街上每個人都這麼說啊！聽說族長還貼出了公告，公告上寫著：明天每個年輕猴人都要下場比賽，要選出最勇猛的武士。這不是給您選婿，還能是什麼？」小猴女向柔柔安公主解釋。

「啊？」柔柔安公主臉色變得更難看了。

「嗯，滿意多了！」阿丁吃完野果，滿足地拍拍肚子，跳出樹叢。看著許多猴人圍觀樹上貼的告示，阿丁覺得好奇：「咦？他們在看什麼？」他努力擠入猴群中，伸長脖子想一探究竟。

「你行嗎？」胖猴人對著瘦猴人說。

「我當然行囉！」瘦猴人非常有自信地拍拍胸脯。

「你們到底在說什麼？」阿丁大聲問道。

「你文盲啊！自己不會看？」胖猴人不耐煩地說。

「文盲？我的樣子看起來像文盲嗎？」阿丁十分不服氣。

「基礎班讀了好幾年都沒畢業，就跟個文盲沒兩樣呀！哈哈哈！」瘦猴人嘲笑阿丁。

「哼，你才是文盲呢！我告訴你，這上面是說什麼明天……要什麼……選什麼士的……」見阿丁結結巴巴的可笑模樣，胖猴人打斷他說：「啊！我快受不了了，族長是說每個年輕猴人明天都要下場進行比賽，要選出最強的勇士。」

「選出最強的勇士要幹嘛？」阿丁問。

「要戴上勇士花冠啊！這可是猴人族最高的榮耀，而且還有可能是……」瘦猴人笑得有些曖昧。

阿丁追問：「是什麼？」

「當然是要給族長的孫女柔柔安公主選女婿呀！」瘦猴人小聲地告訴阿丁這個早已傳開的祕密。

「什麼？」阿丁一臉不可置信。

「給我們美麗的柔柔安公主找女婿呀！」瘦猴人加大音量又說了一遍。

「對啊，只有全族最強的勇士才配得上柔柔安公主。」胖猴人高聲說道。

「哈！她？拜託，我從小跟她一塊兒長大，我最了解她了！就算是獅子都沒她兇呢！我跟你們保證，以後啊，誰娶她誰倒楣。」阿丁說得認真，完全沒注意不知何時來到背後的柔柔安公主。

「我還有事，先走一步了。」胖猴人決定走為上策。

「對對對！我們還要演練一下武藝。」其他猴人立刻一哄而散。

「我說的是實話嘛！她真的是……」阿丁還沒說完，驚天動地的咆哮就向他襲擊：「阿丁！」拳頭隨即往阿丁的臉上招呼。

「啊！」阿丁痛呼出聲，一邊摸著自己的眼睛，一邊大叫：「救命啊！獅子出現啦！」柔柔安公主還沒來得及反應，阿丁就已經像火箭一般，咻地一聲就逃得不見蹤影。

「今天真是衰到家了。」阿丁一邊走進家門，一邊抱怨，完全沒注意女祭師正端坐在客廳的長條木椅上，直直看著他。

「阿丁！」女祭師開口叫道。

阿丁嚇得連忙用手摀住黑腫的右眼，說：「啊！媽，你……這麼早就回來？」

女祭師只是板著臉孔：「阿丁……」

「知道了。」阿丁彎下了腰，但仍側著身小心不讓女祭師看見那隻腫脹的眼睛。

「你做什麼？」女祭師不解地問。

「自動處罰啊，我自動做五十下伏地挺身，夠了吧？」阿丁說完就開始數了起來。

「……阿丁。」

阿丁應了一聲，女祭師拍拍長條木椅旁邊的位置：「過來這裡坐。」

「喔。」不知道媽媽葫蘆裡賣什麼藥，阿丁有些心神不寧地坐下來。只見女祭師拿出一個棉布袋子。

「來，我準備了你喜歡吃的東西。」女祭師伸手拿出幾顆阿丁最愛的無花果乾。

「耶！太好了，幹嘛不早說？害我緊張死了。」阿丁一手接過袋子，拿起他最愛的零食。

「你的眼睛怎麼了？」女祭師看見阿丁的那隻熊貓眼，心想他肯定又在外面闖禍了。

「啊？沒事沒事，不小心撞到獅子頭。」阿丁邊吃邊回答。

「什麼？」

「撞到石頭了。」阿丁怕女祭師繼續追問，連忙改口。

「你呀！從小到大做事就像少根筋似的，學東西也比別人慢，又懶惰。」女祭師開始碎碎唸起來。

「哎呀，這也不能怪我嘛！也不知道是遺傳誰的。」阿丁小聲回嘴。

女祭師聲調倏然提高：「你說什麼？」

「我說……咦……真好吃，真好吃！」

女祭師望向窗外半山腰上的祭壇火光，悠悠地問：「阿丁，還記得你爸爸吧？」

「爸爸？」好端端的，老媽為什麼要提起老爸呢？阿丁不禁納悶。

「是的。」女祭師點點頭。

「沒什麼印象了。」阿丁回答。

「他曾是全族第一的勇士，戴著……」女祭師說著說著，掉入了回憶的漩渦。

「是是是，戴著勇士花冠來向你求婚……」這故事都聽過一百零一遍了，老媽真是愛提當年。

「就在你六歲那一年，猴人族大旱，你父親被派去外地尋找水源，這一去就是十年！唉，想來是……唉……」女祭師紅了眼眶，淚水滴落在衣服上。

阿丁仍舊面無表情地吃著零食。

「明天，就是他十年前出去的日子，我準備了一些牲禮，你就帶到祭壇去祭拜一下，順便掃掃地、擦擦族傳玉石，知道嗎？」女祭師交代阿丁。

阿丁問：「可是，明天不是要比武？」

「你可以不用下場。」女祭師說。

阿丁高興地大叫：「真的？耶！太好了。」隨即又說：「可是我想看熱鬧耶。」

「你在祭壇上也看得到。」女祭師告訴阿丁，她怎麼會不知道阿丁愛湊熱鬧的個性。

「太好了！我倒要看看，究竟是那個倒楣鬼會被選上，哈哈哈哈！」阿丁迫不及待想要看好戲了。

3 花冠勇士大賽

轟隆隆的鼓聲響徹整個廣場，猴人們個個興奮不已。女祭師、族長、柔柔安公主坐到評審椅上，長老們也陸陸續續進到廣場。

主持人高呼：「讓我們歡迎這次比武大賽的評審——族長、祭師以及諸位長老們！」

現場一片歡呼和掌聲，女祭師、族長和長老們紛紛向群眾揮手致意。

精彩比武大賽就要登場！

與此同時，阿丁背著水果籃子，大口喘著氣，好不容易到了半山腰上的祭壇前。

「累死我了！」阿丁側躺在地上，幾顆桃子從竹籃子裡滾了出來。這時，山下的陣陣歡呼聲傳了過來。

「哇！快開始了！」阿丁不想錯過好戲，努力爬起身來，把水果籃子提到祭

壇內就跑了出來。

「先選個好位置。」阿丁撥撥樹枝，坐在一塊大石頭上，山下猴族廣場的風光一覽無遺。

「哇！真壯觀！」阿丁不禁讚嘆。

猴族廣場旁邊有一棵高大的樹木，樹的主幹中空，衍生的枝幹十分粗壯，葉子卻稀稀疏疏。

「這是我們猴人族的神木，已經有三千年的歷史！現在請勇士們到廣場上集合。」主持人高聲說著。

年輕的猴人們紛紛出列，有的人健美粗壯，有的長手長腳，有的則短小精幹，各種類型都有。

主持人開始講解比賽規則：「等族長說開始，勇士們就請跳上神木進行搏擊比賽，最後一位仍留在神木上的，就是最強的勇士，將由公主，喔……不！是由族長親自戴上勇士花冠！」

台下猴人們笑成一片。

柔柔安公主氣地臉都紅了：「什麼？哼，竟敢消遣我！」

「猴人族的傳統就是要在樹上決勝負！」族長站起來大喊。

「嗚啊！在樹上決勝負！在樹上決勝負！」猴人們群起歡呼。

「再加上可以娶柔柔安公主為妻，大家說好不好？」花髮長老笑著說。

「好哇！耶！」猴人們踴躍跳到神木前，興奮地歡呼著。

柔柔安忍不住大喊：「閉嘴！」

花髮長老一坐下，旁邊的族長轉頭對他說：「你今天捅到馬蜂窩了。」

花髮長老不以為意：「我只是想先炒熱場子。」

主持人說：「是的，今天的加碼，肯定會讓比武大賽更加激烈。」台下觀眾紛紛附和，主持人又說：「每位猴人帥哥都準備充分，到底誰能勝出，奪得最佳男主角獎呢？喔不，是最佳勇士獎！」

神木前的猴人們摩拳擦掌，等不及要大展身手。

「我們的比武大賽即將開始……」主持人將一支像小樹幹般的巨香點燃。「我們就以一柱香的時間為限，香點完後還站在神木上的，就是勝利者。」

兩名猴兵合力抬著一隻大象牙走過來，猴兵將象牙交給女祭師，女祭師再轉交給族長，族長看戲看得太入迷，沒有作出反應。

「族長！」女祭師出聲提醒。

「對喔，我太興奮，差點忘了！」族長笑了笑，接過象牙。

「我們請族長鳴槍開始！」主持人鄭重宣布。

猴人們一陣歡呼：「喔喔喔喔！」

族長推推眼鏡，朝天空大力吹響象牙，火藥從象牙另一端竄出，衝上天後立即炸開，爆出燦爛奪目的猴頭煙火。

族長大聲宣告：「比賽開始！」

「請各位帥哥勇士們在樹上就位！」主持人一說完，年輕猴人們紛紛躍上樹，站在一根根粗大的樹枝上。

「唉……我家阿丁要是有他們的一半就好了。」女祭師不禁感嘆。

「快開始了！看表演怎能沒有零嘴吃？」在半山腰上的阿丁東看看，西瞧瞧，看見剛剛掉在地上的幾顆桃子。

「這是……反正祭祀用的已經夠了，我就先借用啦！」阿丁迅速撿起地上的水蜜桃塞進嘴巴，然後看向山底下廣場旁的神木。

「糟糕，錯過幾場了！」阿丁扼腕地叫道。

祭壇後的樹林中，紅髮狒狒戰士鬼鬼祟祟地走了出來，手上還握著一個圓鼓鼓的袋子。

「趁他們在忙的時候，把引蛇珠找個地方擺好，到時叫出一堆蛇來亂，豈非大功一件？哈哈！」紅髮狒狒戰士暗自打著如意算盤。

「打啊！打啊！」阿丁激動地大喊。

紅髮狒狒戰士被阿丁的大叫嚇得慌忙蹲下身，一顆珠子隨著他的動作從袋子

裡滾出，落入草叢中。

紅髮狒狒戰士心中的警鈴大響，忍不住輕聲問：「是誰？」

「你還躲！還躲！」阿丁還在激動地喃喃自語。

「啊！被發現了嗎？」紅髮狒狒戰士趕緊低頭找掩護。

過了一會兒，見那人絲毫沒有動靜，他略略抬頭，發現是阿丁，才鬆了一口氣：「原來是那個笨蛋，害我緊張一下。」

紅髮狒狒戰士捏捏手上的袋子，發現裡頭似乎空空的：「咦？等一下，我的引蛇珠呢？糟糕！」他趕緊到處搜尋，卻沒發現引蛇珠滾到了樹叢深處。

「這寶貝到底去哪兒了？這下該怎麼辦……嗯……我看還是先趕快走吧，免得遭殃！」紅髮狒狒戰士匆匆離去，草叢中的引蛇珠發出的氣味飄到附近山區的岩洞裡，沒過多久，洞裡開始爬出許多蛇，大的小的紛紛出籠。

神木上的年輕猴人紛紛捉對撕殺，大打出手，個個都想力拚第一勇士。

在閃耀的陽光下，猛男強哥登場了！他站在神木的最高枝幹上，利用跳下來的俯衝力量一次撞翻三個猴人。

強哥張開雙臂高喊：「我是最強的強哥！」

「各位觀眾，現在這位高大英挺的鮮肉猛男，就是我們猴人界的明日之星——強哥！」主持人隆重地介紹，引得猴人們一陣狂呼，強哥更是連連擺出好幾個姿勢來展示他的肌肉，順便再打下兩隻猴人，更增添他的風采。

一名女猴人尖叫：「強哥！我愛你！」

「噁心死啦！」柔柔安公主別過臉，一副想吐的模樣。

草地上，幾條青蛇吐著信，緩緩爬向阿丁。阿丁一邊吃水果，一邊比手畫腳，完全不知道大禍臨頭。「快殺呀！小心背後！唉，真笨！」阿丁大吼大叫著，十分投入比賽。這時，一條蛇在阿丁背後，張著嘴正準備咬他，阿丁隨手一抓，抓住蛇頭，蛇眼頓時暴凸。

「咦？這根香蕉怎麼這麼長，我不記得有帶香蕉啊？」阿丁正自納悶，轉頭一看，立刻尖叫：「蛇啊！」他趕緊甩掉蛇，跳起來往後一看，發現有更多吐著舌信的大蛇扭動身軀朝他爬來。

「我的天！媽媽咪呀！」那群蛇昂首吐信，追向阿丁，阿丁迫不得已跳著躲進一片樹叢。一陣靜默後，突然「隆隆」聲大作，阿丁一邊大叫，一邊踩著一段粗大樹幹滾了出來。

廣場的神木上，強哥所向披靡，打下樹上許多猴人。

猴人們不分男女老少，全都高呼：「強哥！強哥！」

數個女猴人拋花給強哥，強哥隨手將花戴在頭上。

女猴人們立刻尖叫：「帥呆啦！」

「哼！真是夠了，一群花癡！」柔柔安公主受夠了這場鬧劇。

一隻油光滿面的猴人走到花髮長老跟前。

「都準備好了嗎？」花髮長老小聲詢問。

「準備好了，所有粗樹枝的後半段都塗上油了，只要……」油光滿面的猴人靠在花髮長老耳旁回覆。

「好好好，知道了，你去吧！」花髮長老聽完稟報，揮揮手示意油臉猴人退下。

「是！」油臉猴人正待告退。

「等一下，拿去擦臉吧！」花髮長老回頭拿出一張樹葉遞給油臉猴人。

「是！」油臉猴人接過樹葉後告退離去。

花髮長老推推座位旁的族長：「族長！族長！」

「什……什麼事啊？」打著瞌睡的族長聽見聲音，微張眼睛。

「族長！你知道那強哥是誰嗎？」花髮長老指著在神木上意氣風發的強哥，語氣驕傲地問道。

族長張大眼睛一看，就見一隻頭上插滿花的猴人。

他恍然大悟，低聲說：「那個呀！我知道，她是你女兒！在外面偷生的。」

「不是不是！他是我的孫子，叫強哥，上個月才從猛男訓練班第一名畢業呢！」花髮長老趕緊說明。

「喔，那真是恭喜啊！」族長語氣滿不在乎，連道賀都極為敷衍。

說著說著，強哥又將兩個人踹到樹下，神木上只剩下一名不停發抖的猴人。

「嘿嘿！」強哥得意洋洋，想著要怎麼折磨這個可憐蟲。

「族長你等著看，他會打敗所有人，到時候你的孫女柔柔安公主一定自動投懷送抱。哈哈哈！」花髮長老笑道。

一旁的柔柔安公主聽了，生氣地站起來：「什麼！」要不是花髮長老是長輩，她真想立刻衝過去賞他兩拳。

族長回頭看了柔柔安公主一眼，老神在在地對花髮長老對說：「話不要說太滿，須知人外有人……」

就在強哥打下最後一人，柔柔安公主突然一個俐落地飛身，躍上神木，一腳踢向強哥：「看我的厲害！」

「來的好，哈哈哈！」強哥笑地更加猖狂了。

「柔柔安！」族長有些緊張。

「我敢打賭，強哥一定會打贏公主，戴上勇士花冠！」花髮長老說地信誓旦旦。

「勇士花冠？他不是已經滿頭是花了嗎？不過既然你要賭，我就奉陪，賭什麼？」族長不甘示弱。

「就賭你的族長之位！我的花茶區。」花髮長老說。

族長眼都沒眨，就回答：「一言為定！」

「您可要三思啊，族長！」這賭注未免下得太大了，女祭師憂心忡忡。

「不管，我豁出去了！」

擂台上的柔柔安公主與強哥打得難分難解，擂台下的猴人們更是大聲鼓譟，在這比賽的高潮，每個人的血液都沸騰了起來。

半山腰上的祭壇旁邊，阿丁興奮地踩著樹幹來回滾動，群蛇驚竄奔逃，卻來不及逃走，一隻一隻都被壓扁在地上成了蛇乾；引蛇珠也被壓碎，化為黃色塵埃。

「哈哈！」躲過一劫的阿丁歡呼著：「這下知道我的厲害了吧？你們全被我壓扁啦！」。突然一顆石頭飛過來，砸向阿丁腳下的樹幹，樹幹顛簸了一下，失去重心的阿丁慌張地想踩穩樹幹，卻連人帶樹朝崖邊滾去。

「啊！救命啊！」阿丁驚慌地放聲大叫。

躲在旁邊樹林中的紅髮狒狒戰士走了出來，狂笑道：「哼！敢妨礙我？等著準備見閻王吧！」

神木的下層樹幹上，柔柔安公主與強哥仍舊打得難分難解，強哥始終小心翼翼，刻意不去踩樹枝的後半段。柔柔安公主久攻不下，心想這強哥可真是難纏。

「加油！嗚嗚啊啊！」眾猴人替擂台上的參賽者搖旗吶喊。

「救命啊！」阿丁一直隨著樹幹往下掉。

「嗚嗚啊啊！」眾猴人都全神貫注在柔柔安公主與強哥的比賽上，沒半個人發現阿丁的求救聲。

「啊！」阿丁掉進神木最頂端的空樹幹裡，順著空心樹幹往下滑。

眼看巨香已經快點完，主持人營造著緊張的氣氛，說：「比賽已經接近尾聲，到底誰能勝出呢？」

「嘿嘿！」強哥一副志在必得的樣子。

柔柔安公主一腳橫踢正中強哥的腰，強哥側身倒向一邊，馬上敏捷地一腳勾在大樹枝的樹洞穩住身形，而柔柔安公主卻不小心橫踩在樹枝末端，隨即因為樹枝上的油滑了下去，好在她馬上緊抓住了樹枝。

「哎呀！這邊的樹枝怎麼這麼滑啊？」柔柔安公主快撐不住，眼看就要掉下去，族長見狀十分緊張。

「強哥！強哥！」支持強哥的一票猴人歡呼著準備迎向勝利。

「看吧，還是我的孫子強哥厲害！」花髮長老笑得合不攏嘴。

亘香點完，香頭已經開始冒出少許黑煙。

「時間已經到了，看！我的孫子強哥還在神木上。快，快給強哥戴上勇士花冠啊！」

「這……」族長可是一點也不想替強哥帶上勇士花冠。

「怎麼會這樣！」柔柔安公主非常懊惱，恨不得現在就將強哥踢下樹去。而且樹枝怎麼會這麼油呢？柔柔安覺得奇怪極了。

「強哥！強哥！強哥！」在眾人的喧鬧聲中，強哥張開雙手，笑著接受勝利歡呼，正自得意，不自覺鬆開勾住樹洞的腳。

「快呀，族長！」花髮長老一個勁地催促族長。

族長緩緩起身，慢吞吞地拿起勇士花冠。任誰都看得出他有多麼不甘願。

「爺爺！對不起！」柔柔安公主既生氣又內疚。

「唉……」族長心想這下真的要認栽了，他用顫抖的雙手慢慢將勇士花冠高舉在強哥的頭頂，準備替他戴上。

「哈哈，最後還不是要給我！」強哥這下可樂翻了，猴人族之中無人能勝過他。

突然神木附近傳出一陣「骨碌碌」的聲音，大家正納悶這奇怪的聲音是從哪來的時候，只見阿丁從強哥腳下的樹洞中爬了出來，正好把得意洋洋的強哥頂了出去。強哥一驚，連忙閃身，一腳踩在後半段塗了油的樹枝上，馬上滑了一下，從神木上摔下來。

「啊！」眾猴人都看傻眼。

「是阿丁？太好了！」族長見機不可失，迅速將勇士花冠套在阿丁的頭上。

「什麼？」花髮長老不敢相信自己的眼睛，女祭師也張大了嘴，一時之間無法反應，全場一片愕然，仍抓著樹枝的柔柔安公主更是驚訝地放手掉下去，正好壓在強哥身上。

「哎呀！」強哥發出哀號。

「時間已經過了，不算！」反應過來的花髮長老立刻說道。

「不！時間剛剛好。」白髮長老拿出超大型放大鏡看向樹香，只見樹香還剩一點火頭，隨後熄滅。

「怎麼會這樣？」花髮長老抱頭大叫。

「嘿嘿！」族長笑得十分開心。

猴人族會議堂內的每個猴人個個表情嚴肅，只有族長最輕鬆自在。

「絕對不行，阿丁武藝平平，一定無法完成任務！」女祭師第一個跳出來反對，自己的兒子自己最了解。

「她說的對，我們要以大局著想，我建議重選！」禿頭長老隨即附議。

「阿丁是全村最沒用的傢伙，勇士花冠怎麼可以是他的，怎麼說都應該是屬於我孫子強哥的！」花髮長老憤恨不平地叫道，他為了這件事花這麼多心思，怎能讓那個小痞子撿了去？

「是的是的！」女祭師說什麼也不願意讓阿丁淌這渾水。

「但是他現在行嗎？」白髮長老從牆上拉出大螢幕，畫面上的強哥包紮地像個木乃伊。

「都要怪你兒子！祭師！」花髮長老氣得臉紅脖子粗。

「對不起！對不起！我們會負擔全部的醫藥費。」女祭師不停道歉。

「哼！付得了醫藥費，你負得了責任嗎？」花髮長老說什麼也嚥不下這口氣。

「對不起，真的對不起！」女祭師慚愧不已，只有不停賠不是。

「咳咳……」一直靜默的族長出聲了。

白髮長老說：「我們還是請族長出來說句話。」

「我覺得這次比賽，似乎冥冥中自有其定數，可能就是大聖的安排，既然阿丁是大聖選出來的，我們當然要遵循旨意囉。」

「可是我們不能自陷於危險啊！」花髮長老說什麼也不能贊同這個決定。

「看來只有我去了！」柔柔安公主突然出現在會議堂內。

「柔柔安公主？」女祭師完全沒發現公主是什麼時候進入會議堂的。

「好，這才是我的好孫女！」一向以柔柔安公主為傲的族長說道。

「可是你一個人去很危險啊！」白髮長老不太放心。

「沒關係，我一個人反而自在。」

「嗯，我決定讓阿丁與柔柔安一同前往花果山，完成尋找大聖的任務。」族長宣布最終定案。

「族長！」女祭師、花髮長老、柔柔安公主三人同時大喊。

「我意已決，別再說了！」

「是……」迫於無奈，女祭師只好答應。

「什麼嘛！」花髮長老憤而轉身離去。

女祭師十分擔心：「阿丁現在一定很惶恐……」

一走進家裡，女祭師就看見阿丁正高興地收拾行李，往自己的行李袋內猛塞一些乾果、雜糧。

「媽！你說我帶一個大行李還是分成兩個小行李？」阿丁興奮地問道。

「你以為這是去郊遊嗎？」女祭師真想拿根大棍子敲醒他這個傻兒子。

「你不是說男兒志在四方，要勇往直前嗎？」

「但是這次任務非常重要，而且路程異常兇險，不是去玩的。」女祭師板起臉來認真和阿丁解釋。

「還不就是去花果山，聖山嘛！」阿丁不以為意地說。

「阿丁！現在的花果山已經不比從前了，聽說花果山附近發生過大地震，路基完全塌陷，已經沒人認得怎麼上去了！」她對完全搞不清楚狀況的兒子感到十分無奈。

「好歹我也是戴上勇士花冠的勇士嘛！」阿丁收拾好一個圓圓鼓鼓的大行囊，坐下休息聽老媽講話。

「你還說呢！你覺得自己有資格戴上勇士花冠嗎？」女祭師千方百計想讓阿丁避掉這次勇士競賽，沒想到人算不如天算，不禁又擔心又生氣。

阿丁有些賭氣地說：「我怎麼知道！」

「我好不容易才讓你到祭壇去避開這些事情，想不到最後還是……唉……」

一轉身，女祭師再次想起阿丁的爸爸：「只有你爸爸才配得起勇士花冠。我還記得那天，他打敗所有人，戴著勇士花冠在眾人面前向我求婚！只是，沒想到最後……阿丁！阿丁！」

回頭只見阿丁已低頭睡著了，女祭師順手拿起掛在椅子旁的一條獸皮披在阿丁身上。

「這孩子……」女祭師走到窗前望向天空的月亮：「阿丁的爸，你現在也在和我看著同一輪明月嗎？」

族長家的院子裡，柔柔安公主剛練完拳，正擦著汗。

「公主的武藝真是越來越進步了！」女祭師拍手稱讚道。

「祭師！您怎麼來了？一定是為了阿丁吧！」祭師是無事不登三寶殿的人，聰明的柔柔安公主又怎麼會不知道她今晚來的目的。

「是的，這次真的很對不起，沒想到竟然是阿丁選上，造成大家許多困擾。」女祭師對這次選秀的意外深感抱歉，如果可以，她多想讓阿丁立刻退出這次的任務。

「唉……」柔柔安公主無奈地長嘆。

「我來的目的主要是想請公主幫個忙，當然還是要以任務為重，但可否念在你和阿丁也是一起長大的，是不是一路上也能稍微照顧一下阿丁呢？」女祭師誠摯地望著柔柔安公主，希望她能答應幫這個忙。

「放心啦！就算是一條小狗，我也會把他平安地帶回來。」柔柔安公主一口答應了她的請求，畢竟祭師也是從小看著自己長大，在一旁指導自己武藝的長輩。

「啊？」聽到阿丁被比喻成小狗，女祭師有些錯愕。

「不是啦！我不是這意思。我是說，我會把他平安帶回來的。」柔柔安公主對自己的一時嘴快有些抱歉，不好意思地吐了吐舌頭。

「謝謝你，公主！」公主雖然有時任性了點，到底還是個心地善良的女孩，女祭師欣慰地笑了笑。

「那我先進去準備了。」

眼看柔柔安公主已走進屋裡，女祭師抬頭望向深邃的夜空，在心中暗自祈禱：「神啊！請您保佑公主與阿丁此去一路平安，尤其是阿丁，千萬不要像他父親一樣一去不回呀！」

女祭師單薄的背影，慢慢消失在黑幽幽的巷弄之中。

清晨，山林間還帶著淡淡的霧氣，寒風撲面而來，讓人不禁打了個顫。族長親自率領長老們送柔柔安公主與阿丁到村子的大門口。

「路上一切要小心！我們猴人族這次的生死存亡，都繫在你們身上了！」到了要啟程的這一刻，族長不禁語重心長起來。

「好的，爺爺，不要擔心。倒是你自己，我不在的時候要少喝點酒。」柔柔安公主說。

「好啦好啦！」族長摸摸頭，他這個孫女也挺會管教人的。

柔柔安公主點點頭，隨即轉身出了村子門口向前走去。

這時，女祭師從袖口中取出一個香袋交給阿丁：「這給你，要小心收好。」女祭師伸手把香袋交到阿丁手上。

「這是……裡面有黃金，還是寶石？」阿丁期待地問。

「這裡面有全族的祝福，保佑你和公主平安完成任務！」女祭師緊握著阿丁的手。

「喔。」阿丁有些失望地把香袋放進褲袋內。

不知道是不是頭一次出遠門的關係，阿丁感受到老媽今天特別神經兮兮，搞得自己心情也有點鬱悶。這種離別的場面果然不適合他。

「一切要小心，不要成為公主的累贅，知道嗎？」女祭師千叮嚀萬囑付，就怕這個脫線的兒子會給公主惹麻煩，也將自己陷入危機中。

「知道了知道了，再見啦！」阿丁有些不耐煩地揮揮手。

「再見。」到了此時此刻，女祭師再擔心，也只能相信自己兒子一回。

阿丁一轉身，快步跟在柔柔安公主的後面：「喂！公主，你走那麼快幹嘛？」這柔柔安公主是飛毛腿嗎，怎麼一轉身就不見人影？阿丁一邊嘀咕，一邊快步追上。

阿丁與柔柔安公主的身影已漸漸模糊，來送行的猴人大部分也都返回城內，只剩下族長與女祭師兩人依舊站在城門口。

「人都走遠了。」族長說道。

「唉……還像個小孩一樣。」女祭師搖頭嘆息。

「放心，他們總會長大的。」族長安慰著女祭師。

此時，在遠處一片翠綠樹林間，紅髮狒狒戰士正躲在一旁偷看著，他從腰袋裡拿出一隻手掌大的黑頭蒼蠅。

「嘿嘿，等著看好戲吧！」紅髮狒狒戰士一邊竊笑，一邊將一卷布條綑在蒼蠅的腳上，黑頭蒼蠅隨即振翅飛向遠方。

4 旅程的開始

森林裡一條羊腸小徑上，阿丁哼著小曲，蹦蹦跳跳跟在柔柔安公主後面。

「哇！今天天氣真好，真是個適合郊遊的好天氣。」阿丁既開心又興奮，好久沒有出遠門踏青了。

「公主！你帶的零食夠不夠？我的可以先分給你……」柔柔安公主實在受不了他，氣沖沖地說：「我們不是來郊遊的，請隨時注意一下你的周圍是否有敵人啦！」才剛出發，她已經開始後悔自己答應跟這個笨蛋一塊同行。

「別那麼緊張好不好？」才剛出發而已，有必要那麼過度擔心嗎？阿丁實在無法理解。

「你不講話也沒人會當你是啞巴。」柔柔安公主真想把阿丁那張嘴用膠帶封起來。

「我只是不想太悶嘛！」阿丁嘟著嘴回答。要他安安靜靜的，那可是比登天還難。

柔柔安公主不再說話，自顧自地往前走。對付這種愛耍嘴皮子的人，不予理會是最好的不二法門。

「不理我，那我尿尿總可以吧！」阿丁跳到一塊石頭上，吹起口哨，就地上起廁所。尿液順著石縫流到下方的樹葉上，再從葉緣滴落到下方濃密的樹叢中，最後，滴在一隻劍齒虎的頭上。

劍齒虎猛然抬頭，憤怒往上看，低吼一聲。

「什麼聲音？喂！公主，有聽到奇怪的聲音嗎？」阿丁跳下大石頭，緊跟在柔柔安公主後面。

「我叫你不要說話。」柔柔安公主沒好氣地回頭說著。她可還正在氣頭上呢！

突然，由前方的草叢中竄出一隻巨大的劍齒虎，劍齒虎的頭頂濕濕的，前爪一伸後腰一弓，張毛豎尾，一雙虎目發著光，直盯著阿丁他們。

「啊！」阿丁嚇得雙腳立即癱軟，一個踉蹌跌倒，一隻手顫抖地指向劍齒虎。

「別裝了，快起來！」

「嗚啊……咿呀……」阿丁驚恐地連話都不會說了。

劍齒虎齜牙裂嘴伏地大吼，震得阿丁嗡嗡聲不絕於耳。跟著一陣狂風吹來，柔柔安公主以閃電之速彎腰把阿丁推滾到旁邊，讓劍齒虎撲了個空。

柔柔安公主與阿丁抓準機會，二話不說開始向前狂奔。

「有劍齒虎，你幹嘛不早說？」柔柔安公主氣得大叫。

「是你叫我不要說話的。」阿丁回答地十分委屈。

柔柔安公主突然停下腳步。阿丁順著柔柔安公主的目光，前方山坳處站著劍齒虎，他尾巴直豎，張開大嘴，露出森森白牙的血盆大口，蓄勢待發。

「啊！這麼快！」阿丁和柔柔安公主被劍齒虎迅雷不及掩耳的速度給驚呆了。

劍齒虎發出震天價響的一聲虎嘯，強勁的吼風吹散了阿丁與柔柔安公主的頭髮。只見劍齒虎縱身躍起，又吼了一聲，伸出利爪急速撲向前去。

「快跑！」柔柔安公主對阿丁大喊。

「我腿軟了。」阿丁的雙腳不停顫抖，癱軟無力。

「真沒用！」柔柔安公主一手拎起阿丁，一個飛身直接跳到一棵大樹的樹枝上，劍齒虎剛巧由下方呼嘯而過。

「好險！」阿丁吐了口大氣，剛從鬼門關前撿回一命，真是驚險萬分。

「要不是為了救你，我早就跑掉了！」柔柔安公主用手拍額頭，一副頭疼的模樣。

劍齒虎一直在樹下徘徊著，不時還會抬頭向上看。

「他會不會爬上來？」阿丁非常擔心。

「日之錄上有說，劍齒虎力氣大但耐力不強，也不會爬樹。」柔柔安公主向阿丁解釋。

「日之錄？」那是什麼東西？他可是聽都沒聽過。

「就是高級課程的教科書啊，對喔，我差點忘了，你連初級課程都沒畢業，不知道也很正常。」柔柔安嘲諷地說。

「對啊對啊，柔柔安公主，你真是學識淵博、武藝超群，我實在太佩服你了！」阿丁故意冷嘲熱諷地回嘴。

「少廢話，先想想怎麼逃走吧！」

樹下的劍齒虎突然撞了樹幹幾下，大樹一陣劇烈搖晃。

「哎呀！」阿丁和柔柔安公主被他這麼一撞，嚇地驚聲尖叫。

只見劍齒虎徘徊半晌，突然仰頭朝天空怒吼幾聲。

「吼吼！吼吼！」

「他瘋了嗎？吼吼，吼吼地亂叫！」阿丁非常緊張地看著柔柔安公主問道。

「糟了！他是在呼叫同伴，通常他們是成對出沒狩獵的。」柔柔安公主察覺狀況似乎不太妙。

「這也是日之錄上的記載？」阿丁希望不是。

「沒錯。」可惜，柔柔安公主給了他一個肯定的答案。

沒過多久，另一隻劍齒虎從不遠處跑過來，與原先那隻劍齒虎耳鬢廝磨，交頭接耳。

「怎麼辦？」阿丁心想這下糟了，一隻都搞不定，現在還來了兩隻。沒想到那兩隻劍齒虎竟然同時跑開。

「他們離開了，趁現在趕快下去吧！」柔柔安公主催促著阿丁。

「可是……」阿丁還在猶豫時，一隻劍齒虎卻率先朝阿丁的樹幹方向狂奔過來，接著，遠處的第二隻劍齒虎也跑了過來，搭在前面狂奔的劍齒虎背上躍身一跳，迎面撲向樹上的阿丁及柔柔安公主。

「哇！救命呀！」阿丁扯開喉嚨大喊。

身手敏捷的柔柔安公主連忙扣著兩顆石彈，橫射迎面撲來的劍齒虎，一顆命中劍齒虎的額頭，另一顆擊破他的利齒，劍齒虎當場痛地摔下樹去。

柔柔安公主發現不遠的地方有一排不大不小的樹木，柔柔安公主冷靜地指示阿丁：「快！跳去那邊的樹上，我們往那兒逃！」

「可……可是那麼遠……啊！」話沒說完，柔柔安公主已經把阿丁扔向遠處的一棵樹上。

「啊！」阿丁一邊尖叫，一邊在驚慌中抓住樹幹，柔柔安公主隨後跟著飛身過來。

「快走！」柔柔安公主拉著阿丁繼續逃命。

下方兩隻劍齒虎仍緊追不捨，卻因受困於樹下的藤蔓，速度趨緩不少。

阿丁與柔柔安小心翼翼地踩著連排的樹枝前進，但是樹木越來越矮小，到後面只剩草叢。

「糟了，快沒樹了！」阿丁急道。

柔柔安依舊非常冷靜：「快跑到前面的石林區躲起來。」

阿丁抬頭一看，發現這裡離石林區仍有一段距離。

「這麼遠，我還來不及跑到那裡，就被下面兩隻虎大哥吃掉了！」他覺得柔柔安公主在開玩笑，但柔柔安公主完全不理會阿丁，只是隨手撈起一段藤蔓，不知在盤算什麼。

兩隻劍齒虎一擺脫藤蔓的糾纏，立即邁開虎步，追向兩人。

「追來了！追來了！完了，完了，大姐啊，快想想辦法！」阿丁急得猶如熱鍋上的螞蟻。

眼看其中一隻劍齒虎與他們只剩一步的距離，張開大嘴準備咬下去時，柔柔安公主卻不慌不忙，邊喘氣邊笑著問阿丁：「你累不累？」

「啊？都什麼時候了，還管我累不累，有沒有搞錯啊？」阿丁完全不知道柔柔安公主想幹什麼。

只見柔柔安突然來個倒轉三百六十度的大翻身，隨後穩穩當當落在劍齒虎的背上。

「吼！」劍齒虎怒吼一聲，不停左右晃動身軀，想甩下柔柔安公主。

阿丁看傻了眼，心想柔柔安公主果然夠威猛，騎在這虎哥背上，就不怕到時騎虎難下。

儘管劍齒虎奮力地想掙脫，柔柔安公主卻絲毫不為所動，她用雙腳挾住劍齒虎胸腹間的肌肉，一手迅速將藤蔓套在劍齒虎的虎口內，一手抓起呆住的阿丁往前座放，緊扣著藤蔓就這麼駕馭起劍齒虎往前飛馳。

阿丁驚嚇之餘，轉頭向後方一瞥，發現另一隻劍齒虎已快速追了過來。他緊張地扯著柔柔安的衣角，叫道：「糟糕！另一隻也追來了！」

「沒問題。」柔柔安公主一副胸有成竹的淡定模樣。

阿丁看柔柔安公主繼續驅策著劍齒虎往前奔馳並傾身靠地，順手往地上抓了一把泥沙草屑，隨即扔向那頭快速追來的另一隻劍齒虎，飛沙竄入他的眼睛，那隻劍齒虎吃痛地急忙閉上眼睛，翻身滾了幾圈才停下來。

片刻之後，滿天飛揚的泥塵暫歇，劍齒虎緩緩張開雙眼，眼前早已沒了柔柔安公主、阿丁與另一隻劍齒虎的身影。

被柔柔安公主駕馭的劍齒虎，受制於藤鞭及柔柔安的挾持，只能苦著臉繼續飛奔。

柔柔安公主得意地說：「這就叫化危機為轉機！咦？阿丁，阿丁！」

柔柔安公主見阿丁沒反應，低頭一看，才發現他臉色蒼白，閉著眼睛。

「有沒有搞錯？竟然嚇昏了，真是膽小鬼。」柔柔安公主無奈地搖了搖頭。

紅髮狒狒戰士送出的黑頭蒼蠅，一轉眼就飛到了狒狒族大廳，落在猩猩王的手上。猩猩王瞇著眼，不疾不徐打開綁在蒼蠅腳上的那塊小布條，打開一看，臉色瞬間沉下。

「要去花果山找孫猴子？哼，叫飛猩女過來！」猩猩王語氣不悅地下達指令。

「是。」猩猩族戰士不敢遲疑，即刻將指令傳了下去。

沒多久，大廳外颳起一陣狂風，一時間，飛沙走石、天昏地暗。

「她來了！」一位猩猩族戰士大叫著。

「快！快躲遠一點，免得被掃中。」另一位猩猩族戰士說。

「來不及了！」

一陣落葉被強風吹了過來，在眾人驚嚇地閃躲中，飛猩女冷靜又優雅地收翅落地，旁若無人地走進大廳。

「大王。」

「我有一件非常重要的任務要交給你。你去花果山附近，把要上山的猴人都給我殺了！」猩猩王陰狠地說。

飛猩女面無表情地回答：「是，大王。」

5 神祕的火奴

「阿丁！阿丁！你這小子趁我去裝水又躲到哪裡去了？」柔柔安公主拿著一個裝滿水的水瓢，走在巨石林中，不耐煩地左右張望著。

阿丁大老遠就聽見柔柔安公主的聲音，他躲進石縫間，喃喃自語：「早知道這麼危險，我就不來了。反正大家都覺得我沒用，那我先離開也沒關係。對，就是這樣……」

「阿丁！你在那裡？」焦急的柔柔安公主仍不斷地呼喊。

阿丁繼續靜靜地躲著，等到柔柔安公主越走越遠，再也聽不見她的聲音時，才悄悄起身，一溜煙地從反方向跑走。

「呼咻，呼咻……」他頭也不回地跑了一段路，直到再也跑不動了，才氣喘吁吁地停了下來，不斷回頭張望。

「沒追過來吧？」原本心情緊張的阿丁鬆了一口氣，興奮地歡呼起來：

「耶！太棒了！我自由了，耶耶耶！」

沒想到一個冷酷的聲音從不遠處傳來：「是嗎？」

「誰？誰？到底是誰？」阿丁嚇得直發抖。

就在他腳步踉蹌，不停往後退時，「咻」地一聲，一把飛刀射到了他的腳前，離腳尖還不到一公分。

「啊！」驚嚇不已的阿丁定睛一看：「這不是柔柔安公主的飛刀嗎？」

「哎呀，有話好說，你嚇死我了！」驚魂甫定的阿丁抬頭一看，站在前方土崖上的可不正是柔柔安公主！

「你還好意思講，我告訴你，你是逃不出我的手掌心的，你就乖……」柔柔安公主話還沒講完，突然背後出現一個大網子，瞬間就從頭把她罩下。她不禁驚聲尖叫：「啊！」

阿丁見狀也忍不住驚叫：「啊！」

已被網子困住的柔柔安公主大喊：「什麼人？」

一群頭上長角的怪人從柔柔安公主的背後現身。

「好可怕的怪物！快逃！」驚慌的阿丁拔腿就跑。

「可惡！你們是誰？趕快放了我！」柔柔安公主雖拼命掙扎，網子卻越纏越緊，完全無法掙脫。

只聽最魁梧的怪人大喊一聲：「收網！」柔柔安公主就撲倒在被收緊的網中，連網帶人被抓走了。

「啊！可惡！你們到底是誰？還不快放了我！」柔柔安公主一面驚叫，一面怒罵。

只顧自己逃命的阿丁頭也不回，一溜煙就跑出了石林區，隨後迅速地躲進森林的樹叢，四周一片寂靜，

「應該沒事了吧！」阿丁小心地探出頭來，神色緊張地四處張望。

又等了一會兒，周圍仍是一片寂靜，阿丁走出來，高興說道：「哈，我自由了！我終於自由了！」

他興奮地笑著跑了一段路，卻漸漸越跑越慢，最後停下了腳步。他皺起眉頭，表情從嘻笑變成了憂傷。

「我應該很高興才對呀！可是，怎麼好像快樂不起來？」阿丁努力用手撐高嘴角，想勉強擠出點笑容來。

阿丁的腦海中浮現一幅幅柔柔安公主罵他或救他的畫面。他告訴自己：「公主平常對你那麼兇，你可是有自尊的，她憑什麼這樣對你？這是她應得的報應，活該被怪人抓！」他搔搔自己的後腦袋，繼續往前走。

沒走幾步路，阿丁又停了下來，喃喃自語：「可是，她曾經救過我啊！我這樣做對嗎？應該見死不救嗎？哎呀！到底該怎麼辦？」

阿丁就這樣一下往前走，一下又往回走，來來回回折返了好幾次。不知不覺，他又回到了石林地。

「咦？刀子在這裡，唉……我又走回來了。」阿丁一把抽出插在地上的刀子，收了起來。

「我到底在做什麼？」阿丁給自己找了個理由：「對了，如果看見她死了，或許我就可以安心離開，就這麼辦！」

夕陽西下時，阿丁發現怪人們的身影。阿丁悄悄跟著他們，看見他們紛紛走進一個山洞，便躲在洞口外的樹叢中。

「啊！天快黑了，她可能已經死了。這可不能怪我，走到這兒我已經很夠義氣了。嗯，該走了。」阿丁邊想邊站起身，一不留神就撞上一個怪人。

撞見細皮嫩肉的阿丁，怪人驚喜地喊著：「啊！小乳豬！」

「噓！我才不是什麼小乳豬！」回過神來的阿丁突然驚覺：「啊！是怪人！」

怪人立刻拿出彎刀砍向阿丁，阿丁倉皇後退時被地上一段隆起的樹根絆倒。怪人追向阿丁，舉起大刀，正想朝阿丁猛力一揮，一不留神，也被阿丁的腳絆倒。

「咚！」怪人倒地時撞到一塊石頭，立刻暈了過去。

「哎喲！痛死我了！」躲過一劫的阿丁回過神來，看見倒地的怪人頭上所戴的長角帽子已經鬆脫滾落：「咦？好像是猿人族哩！」

阿丁順手撿起長角帽子，仔細打量：「喔，原來是戴了怪物帽呀！難怪這麼嚇人。」他忽然靈機一動：「嘿嘿！我有辦法可以安全離開了。」說完便戴上長角怪物帽子。

這時，一群頭戴怪物帽的猿人走出山洞。

「趁著天還沒全黑，我們快去多找些木柴、胡椒、辣椒來，哈哈！」

「晚上要吃麻辣大餐了！」

他們交頭接耳地談論著，絲毫沒留意躲在暗處，正注意著他們一舉一動的阿丁。

阿丁邊看著猿人們離去，邊想著他們的話，心裡暗自竊喜：「是了，公主還沒死！我現在應該可以放心地先走了，也許會遇到救兵，對！」

就在他起身正要離開，一群頭戴怪物帽的猿人從遠處迎面走來。

「啊！怎麼辦？」阿丁趕緊背對他們。

「喂！快進去幫忙！」一隻猿人發話了。

「是！」阿丁發現是在叫他，只好跟著進入山洞大門內，他心想：「先到裡面繞一圈避開他們，等會兒再出來。」走在山洞裡的一個通道上，兩旁點著稀稀疏疏的火把，光線昏黃，黑影幢幢。

迎面又走來一個猿人：「喂，你一進來就該把帽子脫了。」

阿丁低著頭猛點：「嗯嗯嗯！」

躲過這個猿人，阿丁又在彎曲的山洞通道內繞了老半天，卻始終繞不出去。他忍不住在心裡嘀咕：「唉……又迷路了，怎麼辦？」

正當不知如何是好之際，不遠處傳來那熟悉的嘶吼聲：「你們不知道我是誰嗎？我是猴人族的柔柔安公主！還不趕快放了我！」

「咦？是柔柔安公主！」循著聲音，阿丁躡手躡腳走近牢房，遠遠瞧見牢房外的地上柔柔安公主正奮力掙扎並大聲呼喊。她被層層繩索綁緊，但四周並沒有猿人看守。

在昏暗的光線下，柔柔安公主看見遠處有一個人正在打量她，便說道：

「喂！你過來，叫你們猿人王快放了我，否則猴人族大軍一到，你們就慘了！」

阿丁眼見四下無人，機不可失，便靜靜走向柔柔安公主，探頭靠近，小聲呼叫：「公主，公主！」

「啊！你……這混蛋……」驚訝的柔柔安公主這時才認出阿丁，想到他當時自顧自地逃走，現在卻又出現，心中五味雜陳。

「噓！小聲點，我現在假裝打你，好趁機幫你割斷繩子。」

「你……好吧。」柔柔安公主雖不太願意，但也只能同意。

黑暗中，阿丁一邊對柔柔安公主拳打腳踢，一邊抽出刀子，割斷綁在她身上的繩索。阿丁邊打邊兇狠地喊著：「你這個兇婆娘，喊什麼喊？不給你一點教訓，你不知道厲害！」

被拳腳相向的柔柔安公主忍不住說：「喂！你……你在公報私仇啊！」

阿丁低聲提醒：「快大聲哀叫。」

「哦？」柔柔安公主一時還反應不過來，阿丁只得再次小聲提醒：「快呀！」

柔柔安公主這才會意過來：「哎呀！哎呀！痛死我了！」

遠處幾個猿人聽見聲音，紛紛抬起頭來。他們有些納悶：「奇怪！那小子跟她有仇啊？」

就在猿人們疏於防範之際，阿丁已割斷柔柔安公主身上的繩索。他拉著柔柔安公主正要逃出洞口，不料洞口前的通道突然火光大亮，只見猿人王帶著一隻羊及一個受傷的猿人——正是之前被阿丁絆倒在地，撞暈過去的那位。

受傷的猿人在火把的照耀下，遠遠地就看見阿丁戴著他的怪物帽，指著他大喊：「啊！就是他！快快快！趕快抓住他，別讓他溜了！」

阿丁暗叫：「糟了！」猿人們立刻一湧而上，阿丁和柔柔安公主一下子就被抓住，丟進牢房內。

「哈哈哈哈！我本來以為晚餐的菜不夠，結果天上又掉一個猴人！」猿人王難掩興奮之情：「來人啊，準備開伙！」

一旁伺候的猿人立刻答道：「是！」只見他手一揮，其他猿人抬出一個大鍋子，開始在鍋子下面鋪木柴。

「他們要做什麼？」柔柔安公主一臉狐疑地問著阿丁。

「還能做什麼？就是要把我們煮來吃！」阿丁沒好氣地回答。

柔柔安公主難以置信：「什麼！怎麼可以這麼沒人性？」

「什麼叫人性？順他們的意思就叫人性！」阿丁已經開始自暴自棄。

「那我們怎麼辦？」柔柔安公主十分緊張：「難道就任憑他們把我們吃掉嗎？」

當阿丁與柔柔安公主身陷險境時，在猴人族廣場附近，女祭師正來回查看地形，而族長則仰天嘆息。

「怎麼辦？猩猩王一定已經吸取兩顆能量石了！」族長一臉憂慮地看著天上的星象。

「把我們自己的能量石煉化成武器，再加上芭蕉扇，一定可以與他一拼！」女祭師信心滿滿地說。

「唉……也只好如此了，還有長老所說的黏樹……」族長想到即將面臨的可怕戰役，不放手一搏是毫無生還機會的。

「嗯，我會處理的！」

「年紀大了，我要先回去睡了。」族長邊打呵欠邊往回走。

「族長，請您放心。慢走！」女祭師目送族長離去後，隨即飛身前往東樹區。她來來回回在眾多樹木中細細找尋，拍打著一株又一株樹幹：「長老所說的黏樹到底是哪一種？」

她停在一棵樹前仔細端詳：「嗯，可能是這種……」當她正慶幸已經找到黏樹時，腳突然踢到一個奇怪的東西。

「咦？」女祭師撥開草堆，彎下身查看：「這是什麼？」她赫然發現這是一具藍髮狒狒族戰士的屍體。

「竟然是另外的狒狒族戰士！」女祭師驚訝無比：「難道阿丁說的是真的？」

想到阿丁，女祭師不禁擔心：「不知阿丁和公主現在如何了？是否順利平安？猴人族的安危都繫在他們身上了……」

「但是，狒狒族的戰士為何要自相殘殺？難道……」女祭師腦海中閃過一個念頭：「不好，我得趕快回去祭壇那裡！」

猿人族山洞牢房內，疲倦的柔柔安公主不知不覺睡著了。

兩隻坐在牢旁的猿人舔著舌頭，滿懷奸笑地望著他們，阿丁嚇得渾身冒著冷汗，想貼近旁邊已熟睡的柔柔安公主，企圖找到一絲安全感。

突然，柔柔安公主劇烈地搖晃著頭，奮力地掙扎並尖叫：「我不要被吃掉！

我不要被吃掉！」

想不到平常很勇敢的柔柔安公主，竟然比他還害怕。阿丁於心不忍，便輕輕地搖喚她：「公主！公主！」

這時，鍋內已注滿水，大鍋子的下面和旁邊也堆上一層又一層的木柴，一些柴屑被吹到牢裡。

「咳咳……我怎麼還在這裡？還以為只是一場惡夢……」從睡夢中醒來的柔柔安公主忍不住哀嘆。

「看來我不該叫醒你的。」阿丁帶著歉意地說。

「阿丁……我們是不是快死了？」柔柔安公主全身都在發抖，阿丁發現了，便緊緊握住柔柔安公主冰冷的手：「別怕！至少我們有伴，就像小時候一樣。」

「阿丁！你怎麼一副不害怕的樣子？」柔柔安公主一向瞧不起阿丁的懦弱，這時卻反被他安慰，心裡不禁感到奇怪。

「我不害怕？我怕得要死呢！不過我從小就被人嫌惡，是猴人族裡最沒用的人，而你卻是優秀的人；我們一起被困在這裡，對我來說是沒什麼，你卻虧大了。」

聽了這番話，柔柔安公主有些不忍，說：「我們都死到臨頭了，你怎麼還這樣想啊？」

阿丁面無表情地回答：「本來就是這樣啊。」

「阿丁，對不起……都是我害了你。你如果不回來救我，就不會和我一樣被他們抓住。我一直對你很兇，你能原諒我嗎？」柔柔安公主滿懷歉意地對阿丁說道。

「當然，我不會放在心上的。」阿丁安慰著柔柔安公主。

「唉……只是這下子族人該怎麼辦？我沒有完成任務，真是……真是對不起他們，唉……」柔柔安公主難過地留下眼淚。

在洞穴的那一頭，猿人王大喊一聲：「推火奴出來！」

「火奴？」阿丁有些好奇：「是什麼人啊？」

他抬頭一望，看見兩隻猿人正把一個鐵籠推到大鍋旁。鐵籠下面有四個木輪，籠外覆蓋著數層破舊的布，隱約可見裡面有隻生物，鐵籠前方則有支小鐵管。

「這裡面到底是什麼樣的怪物啊？」阿丁不禁納悶。

猿人王下達指令：「火奴！噴火！」

「咻！」只見籠子裡面的生物從小鐵管口噴出一道熾熱的火焰，「轟！」的一聲，鍋子下面的木柴瞬間被點燃，火勢立即增大。

「哇！這麼厲害！」阿丁不禁嘖嘖稱奇。

籠子裡的不明生物似乎聽見阿丁的聲音，身體突然顫動一下。

沒多久，鍋子裡的水就開始冒煙。

曾被阿丁絆倒的猿人似乎是大廚，此刻正興高采烈地向鍋子拼命倒油：「加一點麻油比較香！」

旁邊的猿人也興奮地說：「我看那母的肉比較細，先抓她吧！」

「母的？我……是我嗎？」柔柔安公主嚇得手足無措。

阿丁看著鍋子附近有許多胡椒粉、辣椒袋，便對柔柔安公主說：「公主別怕！等一下你可以踢翻那鍋子嗎？」

「啊？應該可以吧！」柔柔安公主處在驚恐的狀態，有些心不在焉地回道。

「等鍋子翻了，我就把胡椒粉、辣椒撒向他們，趁他們咳嗽時，我們就趁亂跑出去。」阿丁在柔柔安公主耳邊低語。

柔柔安公主聽了阿丁的計畫，皺著眉頭問道：「這可行嗎？」

「當然！」阿丁自覺這是一個完美的計畫。

這時，猿人王舔舔嘴唇，說：「可以了，我看那隻公的比較肥，先抓他吧！」

「是！」兩隻猿人立刻奸笑著走了過來

阿丁大驚：「公的？」

兩隻猿人打開牢門，蠻橫地抓起阿丁，阿丁連忙喊著：「啊！我不肥呀！我不肥呀！」

柔柔安公主不禁焦急喊道：「阿丁！」

此時，在猴人族裡，剛找到黏樹，並且發現狒狒族戰士屍體的女祭師已趕回猴人族的祭壇附近。才剛走進祭壇，就聽見翻桌倒櫃的聲音。她悄悄地靠近，看到偷偷闖進來的人，正是那個受傷的紅髮狒狒族戰士。

他一邊翻找東西，一邊著急地自言自語：「奇怪，到底是放在哪裡？」

「需不需要我幫忙啊？」女祭師突然出聲。

紅髮狒狒族戰士沒留意到女祭師已經走到他身邊，嚇了一大跳：「啊！」

女祭師指著螢光禪杖問他：「你是要找這個嗎？」

紅髮狒狒族見了禪杖，大喜過望，立刻抽刀砍向女祭師。女祭師眼明手快，迅速閃躲，一個伸手，便制住紅髮狒狒族戰士的脖子。

女祭師大聲怒問：「到底是誰派你來的？快說！」

「哼！」紅髮狒狒族戰士把頭別了過去。

女祭師不疾不徐地說：「你不說也沒關係。」接著，她就將右手按在紅髮狒狒族戰士的頭頂上，他的頭上立刻發出淺綠色光的能量石及牛魔王的形象。

女祭師不禁連連驚呼：「啊！能量石！芭蕉扇！牛魔王！」

突然，紅髮狒狒族戰士瞬間膨脹爆開化成煙團。還好女祭師及時滾開，才沒有受傷。

族長匆匆趕過來：「我聽見爆炸聲，這是怎麼一回事？」

女祭師神色慌張，著急地說：「那個狒狒族戰士是奸細，不好了！公主與阿丁有危險了！」

「啊？」族長一聽，也是又驚又急，不知如何是好。

「咕嚕，咕嚕……」猿人族的洞穴中，鍋子內的水已經煮沸，開始冒泡。

「水已經燒開了，動作快點！」猿人王望著一鍋的沸水，迫不及待地大聲吆喝。

「改用B計畫！」先被抓出來的阿丁對著柔柔安公主大叫。

「什麼B計畫？」柔柔安公主急問道。

「換人啊！」阿丁含糊叫道。

「什麼？啊！」柔柔安公主還想再問清楚，就被另外兩隻猿人抓了起來。

猿人立刻把阿丁抬到滾燙的鍋子旁，正要將他舉起往下丟進鍋子時，阿丁突然掙扎著抬起腳來，對著鍋子奮力一踢……

「啊！」兩個猿人被阿丁突如其來的舉動嚇了一跳，滾燙的水珠往另一頭飛濺出去。可惜，鍋子晃一晃後，仍留在原處。

「啊！」沒料到會失敗的阿丁滿臉失望。

一旁的猿人們弄清楚發生了什麼事，紛紛大笑起來：「哈哈哈！」、「真是自不量力！」

計畫失敗的阿丁忍不住哀嘆：「怎麼會這樣？」

猿人王再次大聲下令：「還等什麼？趕快把他們都丟進去！」

「是！」猿人們不敢怠慢，立刻將阿丁與柔柔安公主再次高高舉起，阿丁仍然奮力掙扎，眼看小命即將不保。

就在這千鈞一髮之際，被關在籠子裡的不明生物突然大喊：「且慢！現在輪到我上場了！」他的籠子轉向眾猿人，隨即「轟」的一聲，噴出熊熊大火，整個山洞瞬間燒了起來。

原本抬著阿丁與柔柔安公主的猿人們都看呆了，不禁鬆開手，阿丁與柔柔安公主被丟到地上。其他猿人則嚇得紛紛躲避，尖叫聲不斷。

猿人王見狀大喊：「趕快滅火！」

阿丁見機不可失，趁亂之際，立刻猛力一推將站在旁邊發呆的猿人推進鍋子裡，鍋裡隨即傳出淒厲地慘：「啊！」

柔柔安公主也不遑多讓，立刻轉身迴旋一踢，另一個猿人也進了鍋子。

這時，籠子被不明生物給轟開了。

「咦？是個猴人！」阿丁和柔柔安公主這才看見，原來他們的救命恩人竟是個雙腳萎縮的禿頭老猴人，他們立刻來到他身邊。

「火奴，你……你竟敢背叛我？」怒不可遏的猿人王大喊：「來人啊！把他們都宰了！」

猿人們提著刀步步逼近，火奴卻不慌不忙地展開雙手，隔空用力一推，兩股氣勁隨即朝眾猿人轟去，強大的力道使猿人王以外的其他猿人都站立不住，紛紛後退倒地。

「啊！」

「哎呀！」

猿人們的驚呼聲不絕於耳。

阿丁不禁讚嘆：「哇！太厲害了！」

「可惡的火奴！哼！」猿人王脹大雙手，對著火奴、阿丁及柔柔安公主轟出綠色拳風。

「呼！呼！呼！」三人連忙閃躲。

「碰！碰！碰！」聲勢浩大的拳風立刻在岩壁上轟出幾個大洞。

「快想想辦法……」驚慌之中，柔柔安公主的右手不小心被拳風邊緣掃中：「哎呀！」

阿丁急得像熱鍋上的螞蟻：「怎麼辦呢？怎麼辦呢？」

火奴依舊鎮定，卻彷彿在自言自語：「好吧，我本來不願意這樣做，是你逼我……」話還沒說完，就見火奴就地一滾，隔空用力推了裝滿熱水的鍋子一把。鍋子立刻被推倒，滾燙的沸水隨即湧向猿人們。

「啊！」

「哎喲！」

山洞中頓時充滿哀號聲。

暴跳如雷的猿人王再次咆哮：「可惡！」

火奴指著雙手微抖的猿人王，對阿丁、柔柔安公主說：「放心吧！他的手一沾水就沒用了。」

阿丁看見其他猿人掙扎地朝他們爬了過來，忙將地上的胡椒粉、辣椒丟撒過去，嗆得眾猿人噴嚏、咳嗽連連。

「轟！」火奴再次朝著猿人們轟出烈火，火沿著水面上的油漬燒向眾猿人。

「你……」猿人王氣到說不出話來，卻已無計可施。

看得目瞪口呆的阿丁不禁驚呼：「麻辣火，真是太精彩了！」

火奴連忙提醒他：「看什麼看？還不趕快背我離開！」

柔柔安公主也趕緊催促：「快呀！」

阿丁這才回過神來：「遵命！」隨即背起火奴就往外跑。

沸水上的油也被點燃，燒了起來。火勢一發不可收拾，隨著流竄的沸水在洞穴中蔓延，眾猿人紛紛後退走避，濃煙四起。

「低下身體，進去裡面最右邊那個山洞。」火奴不慌不忙指揮著阿丁。

阿丁跑進最右邊的山洞裡，手受傷的柔柔安公主緊跟在後。

這時一陣濃煙飄來，正好成了他們最佳的掩護。

猿人們拼命提水救火，在一團混亂中，火勢漸漸受到控制。

過了一陣子，濃煙漸散，水也退了。但趁亂逃走的火奴、柔柔安公主和阿丁早已不見蹤影。

氣急敗壞的猿人王大聲斥罵：「你們這些笨蛋，還不快追！」

疲憊不堪的眾猿人不得不應聲：「是！」紛紛跑進山洞內的各個通道搜索。

山洞隧道裡，火奴指點阿丁路徑：「左邊，右邊，再右邊！」

就這樣穿過許多小隧道，終於在一個小洞口看見了外面的星光。

阿丁從地洞下冒出頭來：「累死我了！」

他勉強背著火奴爬出小洞口，柔柔安公主緊跟在後。

「這裡還是他們的地盤，隨時會追來。」火奴絲毫不給他們喘息的機會：

「趕快，繼續走！」

但阿丁經過這番折騰，體力早已耗盡，忍不住求饒：「大爺，你饒了我吧！」

說著說著，便全身無力，癱軟了下去。

6 不一樣的阿丁

天色仍暗，但山脊處已微露曙光。露水在草叢中閃爍發光，猶如點點星光。

「快起來！」火奴用力推了推仍在呼呼大睡的阿丁。

「啊！天亮了嗎？」阿丁揉揉眼睛，不情願地應聲。

「等天亮就來不及了！」火奴沒好氣地說。

「對，阿丁，快起來，我們要快點離開這裡！」柔柔安公主也催促著。

「還是你比較聰明。」火奴讚許道。

「是是是！她最聰明！她最棒了！那由她來背你好了！」阿丁很不服氣。

但他才一起身，火奴就迅速爬到他的背上。

「喂！客氣一點好不好？總得讓我先伸伸懶腰吧！昨天背了你一夜，很累呢！」阿丁不客氣地說。

「沒時間了，趕快走！」火奴毫不留情。

阿丁無奈地嘆了口氣，勉強背起火奴，步履蹣跚。

「你這年輕人怎麼搞的？一點勁兒都沒有？」火奴忍不住責備。

阿丁滿腹委屈：「餓了兩天，看你還有沒有力氣？加上還要背你這隻大……」

「阿丁！」唯恐阿丁得罪火奴，柔柔安公主趕緊打斷他，向火奴說：「老爺爺，謝謝您救了我們！不過，我們還有重要任務，必須先離開。」

「對！有任務！」阿丁連忙附和。

「好吧，我們互相幫忙，你再背我走過前面的山頭，我們就分道揚鑣。」火奴說。

「老爺爺，不是我們不想幫您，而是我們要去的地方，正好跟您要去的方向相反呀！」柔柔安公主禮貌地回絕。

「這樣啊……那好吧，我就做個好人，只要背我到前面的果樹林裡，讓我飽餐一頓，我就讓你們走。」火奴讓步了。

「好的。」柔柔安公主答應了，隨即對阿丁說：「阿丁，走快點！」

「快什麼快呀！」阿丁停下腳步，不高興地說：「是我在背他，應該由我跟他談才對！」

「你說話的時間都可以背他過去了。」柔柔安公主說。

「哼！」雖然無奈，但阿丁還是乖乖地背著火奴。

他們一下子就走到了果樹林區，這裡的水果又多又大。

「呼……終於到了。」阿丁終於鬆一口氣。

「太好了，好多新鮮的水果呀！」火奴像小孩子般地歡呼，肚子則發出咕咕的聲音。他搓著手，喊著：「來！咿……哈！過來！」隨著他的雙手一抓一吸，周圍數十棵果樹便抖動了起來。

「咻！咻！咻！」樹上的水果紛紛斷開枝葉，往火奴及阿丁方向飛衝過來。

阿丁不禁嘖嘖稱奇：「哇！水果怎麼自己會飛過來？」

柔柔安公主也讚嘆：「隔空取物？厲害！」

「嘿嘿！」火奴的雙手各接住一個梨子及蘋果。

「咚！咚！咚！」數十顆不同種類的水果，此起彼落掉在阿丁身上。

「哎呀！打到我了！」阿丁大叫。

「哈哈哈！厲害吧？要是誰敢亂跑，我就這樣把他吸回來，嘿嘿！」火奴一臉得意。

阿丁求饒著：「痛死了！」

「哇！真好吃！你們也不要客氣，儘量吃，我請客，哈哈哈哈！」火奴大快朵頤之際，還不忘表示他的大方。

入夜的猿人族山洞內一團混亂，大火終於在眾猿人奮力的搶救下熄滅了。

猿人們狼狽不堪，紛紛抖掉水花，整理身上毛髮。

無法忍受如此奇恥大辱的猿人王起身大喊：「可惡的猴人族！一定要把他們抓起來千刀萬剮，來人啊！」

「碰！碰！碰……」數十個猿人從洞外朝著猿人王被丟了進來。

「啊！」猿人王連忙閃避，但仍有些猿人摔落在他身上。

猿人王怒吼：「這是怎麼回事？」

摔落在地的猿人們只顧哀嚎，無人回話。

「大王！」有個猿人從洞外驚慌地跑到猿人王面前，滿懷恐懼地用發抖的手指比了比後面。

只見一群高大的身影迅速走進洞內，原來是猩猩王與一群猩猩族戰士！

猩猩王趾高氣揚走到猿人王面前。與他相比，高大的猿人王竟矮了一大截！

「猿人王，聽說你有綠色能量石？」猩猩王不懷好意地問道。

「啊？」一股寒意從猿人王心底升起，他滿臉害怕。

「嘿嘿！」猩猩王勢在必得，一臉猙獰。

火奴在果樹林中盡情享用各種水果。在阿丁背上的他一看見碩大透紅的蘋果就快速摘走。

「好吃，真好吃！」火奴不停指著各處的果樹，要阿丁背他過去，讓他能吃遍各種水果。

「喔！沒見過這種人，像是十幾年沒吃過東西。」阿丁很不耐煩。

心滿意足的火奴不跟阿丁計較：「沒錯，你不知道，我在猿人族這十幾年來，可是一直沒吃過成形的東西呀！」

「這傢伙真是煩死了……」阿丁小聲抱怨。

「火奴爺爺，您怎麼會在猿人族的山洞裡面？」柔柔安公主好奇地問。

「別叫我爺爺，我沒這麼老！」火奴咬了一口香蕉，說：「嗯……我是不小心踩到陷阱才被他們抓去的。你們呢？」

柔柔安公主：「我們也是。」

「你們要去哪裡？怎麼會經過猿人族的地盤？」火奴也感到好奇，卻不忘開玩笑：「總不會沒事來觀光吧！」

「嗯……」柔柔安公主沉吟了一下，不知火奴是敵是友，能否告訴他實情？

「哼！我們是比武大賽選出來的，要去……」阿丁正志得意滿地回話，卻看見柔柔安公主向他使眼色。

「是的，我們要去處理一些事情。」柔柔安公主語帶保留。

「比武大賽？」火奴不以為然地指著阿丁：「就憑他？他也是勝利者嗎？」

「嗯……」柔柔安公主遲疑了一下：「是的！」

火奴嗤之以鼻：「我看不太像吧！」

「哼！那有不像的？她是人選的，我是神選的！」阿丁不服氣。

「神選的？」火奴一臉狐疑。

「沒錯！族長說的。」阿丁理直氣壯。

「可能是天神……那天感冒藥吃多了，哈哈哈哈！」火奴笑得腰都彎了。

「哎呀！」他的臉色突然大變，五官幾乎皺擠在一塊，不停揉著肚子：「肚子有點怪怪的，你快背我……到那棵大樹後面。」

阿丁答應了，隨即轉過頭，做了個鬼臉，暗罵一聲：「哼！活該！」

火奴隱身至一棵大樹後面，蹲了下來。

「噗哧，噗哧……」一股濃白色煙霧便跟著不斷上揚。

阿丁捏著鼻子，一溜煙衝了出去，柔柔安公主差點被他撞到：「怎麼了？」

「火奴正在拉肚子，我們快溜！」阿丁拉著柔柔安公主想立刻開溜。

「可是這樣趁人之……拉……不太好吧？」柔柔安公主有些猶豫。

「什麼不太好？又不是你在背他，等下被他逮到了，我們就哪裡也去不成了！」阿丁說。

「這……」

不待他們說完，一個聲音立刻傳來：「對！你們現在是哪裡也去不成了！」

飛猩女突然現身，抽出雙刀砍向柔柔安公主，柔柔安公主迅速向後翻閃開。

阿丁驚呼：「啊！」

飛猩女隨即一腳踢向阿丁。

「哎呀！」閃躲不及的阿丁被踢中，在地上滾了一圈。

柔柔安公主立即下翻俯身，從地上抓起一把碎石，嬌喝一聲：「天女散花！」手中碎石飛出，砸向飛猩女。

飛猩女立刻以雙刀抵擋迎面飛來的大小碎石。一陣「劈哩啪啦」，碎石紛紛被掃落在地。她正要展開下一波攻勢，柔柔安公主與阿丁卻早已趁亂開溜，不見蹤影。

「哼！躲得倒挺快。」飛猩女立即展翅上飛，從高處看見柔柔安公主正拉著阿丁逃走。

飛猩女冷笑一聲：「你們逃不掉的。」她飛到樹林間，揮舞雙刀切斷許多樹枝，再朝斷枝運功。「咻！咻！咻！」這些斷枝一一射向阿丁。

阿丁回頭一看，嚇得大叫：「啊！」

柔柔安公主立即回身，手腳並用擋住飛射過來的斷枝。她趁著空檔回頭，一把抓起阿丁拋向遠方：「快走！」但她被猿人王拳風邊緣掃中的右手此刻正隱隱作痛：「啊！我的手……」

「好機會，看我的！」飛猩女見機不可失，朝柔柔安公主射出兩支刺蝟套索。

柔柔安公主以為是樹枝，舉起雙手正要阻擋，左右手卻分別被兩支刺蝟套索套住，釘在樹上。

「糟糕！」眼見大勢不妙，柔柔安公主趕緊對阿丁說道：「阿丁！快去找火奴……」

「多話！」飛猩女立刻趕到她身邊，朝柔柔安公主狠狠踢去。

柔柔安公主的肚子被踢中，痛得大叫：「啊！」

阿丁拼命往回跑。他捏著鼻子，隨著排泄物散發出來的臭味，一下子就找到火奴所在的那棵大樹。

「就是這裡了！」阿丁急忙大喊：「火奴，火奴！你在哪裡？」

「我在這裡，叫你老半天了。」火奴立刻應聲。

「快快快！猿人找來了！」阿丁立刻背起火奴往前直衝。

一陣風呼嘯地吹過樹梢。

「你不要怪我，我也是奉命行事。」飛猩女步步逼近柔柔安公主。

「哼！」

飛猩女舉起雙刀，猛力砍向柔柔安公主，柔柔安公主閉上眼睛，準備受死。

突然一道火團從旁朝飛猩女襲來，飛猩女立刻轉身格擋，卻被火團轟了出去：「哎呀！」她被轟落到好幾步之外。

柔柔安公主立刻睜開眼睛，阿丁連忙上前查看：「你沒事吧？」

柔柔安公主鬆了一口氣，說：「快打開這怪東西。」阿丁卻怎樣也拔不開困住柔柔安公主的刺蝟套索。

飛猩女從地上爬起，拍拍身上的小煙火，拾取雙刀，邊衝過來邊怒喊：「看我雙虹刀的厲害！」

她在樹林間飛舞雙刀，樹幹隨著陣陣刀風被橫切砍斷，紛紛砸向阿丁等人。

「糟了！」阿丁與柔柔安公主異口同聲驚呼。

火奴卻氣定神閒：「嗯，飛猩族第二代調教得不錯嘛！」

「來，試試我的氣功刀！」他雙手一劈，數個刀形光芒隨即劈向砸過來的樹幹，將其一一震碎成粉屑。

飛猩女眼見凌厲攻勢被輕鬆化解，不禁訝異：「咦？」

火奴再次運功，刀形光芒直接迎向飛猩女的雙虹刀。只聽轟然一聲巨響，飛猩女的雙虹刀已被震脫。「啊！」她重重摔倒在地。

「耶！」阿丁見狀歡呼。

「太好了！」柔柔安公主也喝采。

正該趁勝追擊之際，火奴卻皺起眉頭，臉色變得很難看。他向阿丁使了個眼色：「我不行了，你先來擋一下。」

「啊？什麼叫做你不行了？」阿丁莫名其妙。

苦著一張臉的火奴抱著肚子：「哎喲！我的肚子又痛了，不行了！」說完立刻蹲到阿丁後面。

飛猩女站起身來，拍拍身上的灰塵。她知道機會來了，臉上浮現一抹詭異的笑意。

阿丁見狀，急忙說：「你……你別過來！」

飛猩女得意地說：「怎麼，有急事啊？哈哈哈哈！」她雙手一收，運功將雙虹刀吸回到手上。

阿丁連忙恐嚇她：「啊！你別過來，他會發火把你燒死！」

「他現在自顧不暇……」聞到臭味的飛猩女皺著鼻子走向阿丁與火奴：「真是臭死了！」

柔柔安公主見狀，趕緊拖延時間，分散她的注意力：「來呀，你有種就來砍我呀！」

飛猩女不為所動，繼續走向阿丁及火奴。

阿丁強自鎮定：「你……你敢來，我轟你喔！」

飛猩女收起雙虹刀，走向阿丁，語帶嘲諷：「我用手指頭就可以捏死你了，哈哈哈！」

阿丁連忙揮手：「啊！別過來！別過來！」

飛猩女伸出手準備抓向阿丁，阿丁隨手亂打。此時，火奴的臉色已稍舒緩，手指貼在阿丁背後狂點。阿丁的雙手隨著亂舞，竟舞出一股強大的螺旋狀火勁，直接向飛猩女襲去。

飛猩女被這火勁轟到山壁上，猛力的撞擊使她口吐鮮血：「啊……哎呀！」便立刻展翅飛逃。

阿丁興奮地又叫又跳：「啊！那是我嗎？耶！」一個香袋從他的褲袋掉落到地上。

火奴滿意地說：「舒服多了！」

柔柔安公主高喊：「還不快過來放開我！」

阿丁這才想到：「喔！差點忘了你！」

「咦？」火奴眼尖發現阿丁的香袋，撿起來仔細端詳：「這是……」他伸手從自己的褲袋也拿出一個半灰黃的陳舊香袋。仔細比對兩個香袋後，他陷入沉思，眼淚也不知不覺地流下來。

阿丁用粗枝幹將牢牢套在柔柔安公主手臂上的刺蝟套索逐步挑出，只見她的手臂已刺痕累累。阿丁忍不住驚呼：「柔柔安公主，你的手！」

「那不重要！」柔柔安公主舉目望向遠方，哪裡還有飛猩女的蹤影？「哼！逃得可真快！」

阿丁得意洋洋地說：「柔柔安公主！你說我厲不厲害呀？」

柔柔安公主立刻澆他冷水：「你呀，只是運氣好吧！」

阿丁卻不理她，手舞足蹈起來：「耶耶耶！」

火奴抬起頭來仔細端詳阿丁，眼淚又奪眶而出。柔柔安公主正巧轉頭過來發現了：「咦？你怎麼了？」

火奴連忙解釋：「啊！剛剛被煙熏到了。」他默默收起自己的香袋，拭去臉上的淚痕。

他指著仍在手舞足蹈的阿丁問柔柔安公主：「他怎麼了？」

柔柔安公主回答：「有始以來第一次成功趕走敵人，樂瘋了！」

火奴恍然大悟：「喔！」

柔柔安公主：「對了，火奴你怎麼會有這麼厲害的法術？」

火奴：「這不是法術，是一種功夫。」

「功夫？」阿丁和柔柔安都覺得不可思議。

「對。」火奴把阿丁的香袋遞給他：「這是你的嗎？」

阿丁伸手接過：「是啊。」

火奴叮囑：「好好收著，剛剛掉了。」

「謝啦！」阿丁收好香袋，仍繼續跳躍。

「你們是猴人族的嗎？」火奴問。

柔柔安公主抬頭：「你怎麼知道？」

火奴指著阿丁：「看他那樣子就知道了！」

「哈哈！」柔柔安公主忍不住笑出聲來。

阿丁聽見了，說：「什麼？應該是看她那副猴模樣就知道！」

柔柔安公主不客氣地說：「你說什麼？」

阿丁火上加油：「她還是猴人族的代表——柔柔安公主呢！」

火奴的態度立刻轉為恭敬：「喔！你是公主啊，失敬了！聽猿人王說，猴人族是目前四大猴族中人丁最旺，也是最富裕的一族。」

柔柔安公主謙虛地說：「還好啦！多虧大家一起努力，猴人族才能這麼興盛。」

「聽說……猴人族還有位武藝超群的女祭師呢！」火奴有意打探。

「對！女祭師是我族的祭師及武術總教練，也是阿丁的媽媽呢！」柔柔安公主說。

火奴驚呼：「啊！原來你真的是女祭師的兒子！」

阿丁和柔柔安公主沒注意火奴的話有些奇怪，好像他本來就知道這件事一樣。阿丁百般無奈地說：「當她的兒子有什麼好？累都累死了！」

「哈哈！」火奴繼續追問：「那你……你的父親是……」

阿丁昂首挺胸，神氣地說：「我父親是一個強壯威武的偉大戰士！」

「……喔，是哪一位？說不定我認識呢！」火奴已恢復鎮定。

「哈，你一定不會認識啦！」

火奴說：「那你……要不要像你的父親一樣偉大呢？」

阿丁不為所動：「才不要呢！有這麼一個媽，就已經夠累了！」

火奴岔開話題：「你們要去花果山？」

柔柔安公主嘆了口氣，說：「猩猩王要來攻打我們猴人族，猴人族危在旦夕。其實，我們是奉命到花果山去請孫大聖來幫忙的。」

火奴點點頭：「原來是這樣！不過神的協助是可遇不可求的，況且通往花果山的路上藏著許多妖魔鬼怪。

「我才不怕什麼妖魔鬼怪哩！」柔柔安公主欲尋求火奴的協助：「你知道路嗎？」

火奴回答：「略知一二。」

「太好了！」柔柔安公主正想開口求火奴幫他們帶路，突然一陣粉紅色雨絲由遠方飄過來。柔柔安驚異道：「咦？下雨了，好漂亮的雨啊！」

阿丁也看到了，皺了皺眉：「有點噁心……」

再仔細一看，粉紅色雨落下之處竟冒出陣陣黑煙。

火奴驚呼：「啊！這是毒雨，快找地方躲雨！」

阿丁立即背起火奴轉身狂奔，許多小動物亦紛紛躲避逃竄。

淋到粉紅色雨的樹和草皆被腐蝕，冒出陣陣黑煙。

柔柔安公主看見樹林前方一棵大樹有個大樹洞：「前面……」

火奴毫不遲疑地催促：「快呀！快進去！」

柔柔安公主首先跑進樹洞內，隨後阿丁背著火奴，也進去了。

三人進到樹洞深處，阿丁仍在喘氣：「吁！好險！」

火奴卻突然撲倒在地，不停顫抖，他的背後一片焦黑，發出陣陣黑煙及「嗤嗤」的聲音。

柔柔安公主驚呼：「啊！他淋到毒雨了！」

阿丁趕緊搖喚他：「火奴！你怎麼了？」

火奴往左右一看，虛弱地說：「快幫我抹上一些爛泥。」

阿丁與柔柔安公主立刻抓起樹洞內的爛泥巴，塗抹在火奴的背上。火奴背上的黑煙漸漸變成白煙，火奴也停止顫抖。

柔柔安公主關心地問：「火奴，你好一點沒？」

火奴心有餘悸：「唉……算是撿回了一命。」

阿丁感嘆：「猿人族為了找我們，還真捨得花這麼大的手筆。」

火奴沉吟了一會兒，說：「這不是猿人族的作風，他們不會自斷食源。」

阿丁有些疑惑：「那這是……」

火奴解釋道：「這是蜘蛛精的膿情化雨。」

阿丁和柔柔安公主都十分驚奇：「膿情化雨？」

「取這麼美的名字，到底是什麼東西？」柔柔安公主問。

火奴回答：「是一種腐骨水。」

柔柔安公主驚呼：「啊！」

火奴繼續說：「蜘蛛精將這種水製作成如雪花般的美景，誘騙一些生物出來觀看。他們一旦淋到這雨，骨肉就會被腐蝕，化為一灘膿血水，蜘蛛精們再出來吸食。」

「我快吐了！」柔柔安公主覺得噁心至極。

阿丁從樹皮上的小洞望出去，說：「沒雨了！」

火奴：「雨停了，她們也該出現了。」

阿丁繼續從小洞往外看，四個撐傘的麗人出現了。

阿丁看得目不轉睛：「是美女，不是蜘蛛精耶！」

柔柔安公主沒好氣地唸他：「你一看到美女就昏頭了？」

阿丁回嘴：「我看到你也沒昏頭啊？」

「哼！算你說對了。」聽見阿丁說自己是美女，柔柔安公主就不再跟他計較了。

火奴搖搖頭：「你們先看清楚再說。」

四個撐著傘的麗人丟掉傘，嘴巴漸漸變形並伸長至腐水附近，將腐水全都吸乾。她們原本苗條婀娜的身材，隨著貪婪的吸吮開始走樣，肚腰也逐漸變肥。最靠近他們的長髮麗人一邊顫動著肥腰，一邊滿足地大笑：「哈哈哈哈！」

柔柔安公主不禁失聲道：「真噁心！」

「咦？我們好像還有客人耶！」長髮麗人聽見了柔柔安公主的聲音，轉頭看向大樹洞：「姊妹們，幹活了！」

她們的雙手瞬間化成巨刀，身體也變成大蜘蛛，向大樹走來，開始剷樹。

阿丁慌張起來：「糟糕，她們要進來了！」

柔柔安公主毫無懼色，大喝：「出去跟她們拼了！」

火奴立刻勸阻：「不行！太危險了！」

阿丁緊張地問：「那我們該怎麼辦？」

火奴想了一下，說：「有一個方法：趁她們快劏掉大樹時，出其不意地噴火轟掉她們。」隨即想到自己的傷勢：「但我現在……無法發功了……」

「啊……」阿丁感到絕望，柔柔安公主卻說：「教我，我來好了！」

火奴：「不行！我的功力太陽剛，只有男生的身體才能承受。」

「哼！什麼嘛！」柔柔安公主十分不服氣。

「……意思是要我來嗎？」怕事的阿丁推拖著：「不是吧？我不要！」

火奴鼓勵他：「我把功力傳給你，藉由你的身體再轟出去！」

「這……會不會有什麼副作用？」聽起來很簡單，阿丁有些心動。

「老實說，我也不知道。」火奴一臉正經。

「啊！」得不到正面答覆的阿丁有些懊惱。

「沒時間了，快蹲馬步站好！」火奴命令阿丁：「照你媽媽教的口訣動作！快！」

「是……」阿丁聽了，十分驚訝：「你怎麼知道我媽媽教什麼？」

火奴不答話，立刻將雙手緊貼在阿丁的腹部。他深吸一口氣，雙手便產生光暈，光暈進入阿丁腹部，阿丁的腹部隨之鼓脹起來。火奴立刻命令：「快吸氣，導入四肢！」

阿丁立刻照做，深深地吸入一口氣，光暈便漸漸進入他的四肢。

此時，大蜘蛛的巨刀手已快劏平樹洞。

頭一隻大蜘蛛不耐煩地說：「樹皮怎麼那麼厚啊？」

柔柔安公主小聲提醒：「快點，她們就要進來了！」

光暈已完全從火奴導入阿丁的四肢，阿丁眼睛發亮，全身也胡亂揮舞起來，雙手及雙腳則發出火花。

覺得自己精力無限的阿丁仍然很緊張：「著火了，怎麼辦？」

火奴安撫道：「沒關係，保持清醒，目標是大蜘蛛。」

阿丁已進入警戒狀態，準備發功：「嗯！」

就在大蜘蛛剷平樹洞，看見她們的瞬間，烈火已從阿丁的雙手向她們轟出，熊熊烈火在兩隻大蜘蛛身上肆虐著。

「哇！」

「啊！」

痛苦的慘叫聲不絕於耳。

阿丁得意地看著自己的雙手：「耶！我實在太棒了！」但沒得意多久，雙手的火就熄滅了：「啊！怎麼熄火了？」

離樹洞較遠，跟在後面的第三隻大蜘蛛見狀大喊：「可惡！我要為姐妹們報仇！」她和身後第四隻大蜘蛛一起大步往前，伸出巨刀手，砍向阿丁。

阿丁嚇得退後，邊跑邊喊：「救命啊！」兩隻大蜘蛛卻一直緊追在後。

躲在遠處觀察的飛猩女不禁皺起眉頭：「搞什麼鬼？」

見阿丁命在旦夕，柔柔安公主對火奴說：「我去幫他！」

火奴先對柔柔安公主說：「等等！」接著大聲對阿丁說：「靜下心來！」

拼命逃竄的阿丁大喊：「救命啊！」

飛猩女走近了些，幸災樂禍地說：「嘿嘿！有人在幫我完成任務。」

火奴再次大喊：「用你媽媽教的『左右為難』，快！」

阿丁叫道：「左右為難？我現在就是左右為難啊！」

就在後面第三隻大蜘蛛的巨刀手快碰到阿丁時，阿丁突然靈光一現：「對了！」他左右搖了一下腰，便彎身從屁股放出一團火焰，火焰就直接轟在第三隻大蜘蛛的眼睛上。

「哇！」大蜘蛛痛地哇哇大叫，趕緊往後退，「啊！」正撞上躲在草叢裡觀戰的飛猩女。「咚！」她們一起掉進一個大坑洞內。

阿丁得意洋洋：「又成功了！」

柔柔安公主驚訝不已：「啊！放屁也能當武器？」

後面第四隻大蜘蛛見情勢不妙，忙說：「對不起，我認錯人啦！再見！」說完，立刻化為人形，落荒而逃。

阿丁好整以暇地隨手甩掉身上的熱火，熱火卻誤打誤撞轟倒遠處的一棵大樹，樹幹不偏不倚地倒在第四個蜘蛛麗人身上，將她壓扁了。

阿丁喜出望外：「這樣也行？耶！」

「哈哈……」火奴笑到一半，卻突然「啊」了一聲，便全身無力倒在地下。

阿丁和柔柔安公主驚呼：「火奴！」

阿丁連忙上前扶起他：「你怎麼了？」

柔柔安公主對不明所以的阿丁說：「你難道不知道他已經把他大部分的功力都給了你？」

火奴坐起身，緩了口氣，說：「我已經是個廢人了，留這麼多功力在身上也沒用。」

阿丁滿心感激，跪在火奴面前：「謝謝你！」

火奴揮手催促他們：「你們快走，趕快去完成任務！」

阿丁心懷歉疚：「不！要走一起走，我背你！」

火奴連忙推辭：「不，不，我會成為你們的累贅。」

阿丁擔心地說：「留你一個人在這裡，萬一有野狼還是猿人族來了，你怎麼辦？」

火奴拍拍胸膛：「沒關係，我會躲起來。」

阿丁不說話，只是背起火奴。

火奴有些動容：「阿丁……你變得這麼有愛心，真令人感動！」

阿丁卻不好意思，靦腆地說：「其實……其實我是個路痴，有個人帶路，比較不會迷路啦！」

本來很感動的柔柔安公主聽見阿丁這麼一說，不禁錯愕：「啊？」

「這是什麼地方？」急速下墜的飛猩女在黑暗中著地：「哎呀，好痛！我的腳啊！」她的腳碰傷了。她左顧右盼，卻什麼也看不見，點燃小火把：「這好像是個山洞！」

「咦，怎麼有股腥味？」她趕緊手扣一把釘子。

原來，與她一同掉下來的大蜘蛛就在她身後！大蜘蛛看見眼前的獵物，立即衝過來，飛猩女轉身射出釘子，但釘子卻從大蜘蛛身上反彈出來，大蜘蛛似乎毫髮無傷。

飛猩女驚呼：「啊！」

大蜘蛛冷笑著：「嘿嘿！」

「怎麼辦？」飛猩女想往後退，但後面就是山壁，已是無路可退。

當大蜘蛛就要咬向飛猩女時，大蜘蛛後方卻出現一隻更大的不明怪物，一張嘴就咬住了大蜘蛛。

「啊！」飛猩女嚇傻了。

阿丁、火奴和柔柔安三個人，走在矗立著幾棵大樹的岩石路上。雖然背著火奴，阿丁卻沒閒著，他雙手舞弄著火舌，幻化成各種形狀，穿梭在大樹間，樹梢也因此微微冒煙。

「很久沒看到他這麼認真了。」柔柔安公主感嘆。

「其實每個人都有潛能，就看何時會被激發。」火奴感到很欣慰。

「阿丁，快走吧！樹都快燒焦了。」柔柔安公主回頭催促阿丁。

阿丁回答：「喔……再等一下。」

沒幾步，阿丁便跟上了柔柔安公主的腳步。

撥開草叢間的一片大樹葉，柔柔安公主遙望遠方，雲霧間正聳立著群山。她指著雲霧中的群山，對火奴說：「那是……」

火奴點點頭：「是的，那就是花果山！」

「真的？太好了！」目的地就在眼前，背著火奴的阿丁興奮地拉著柔柔安公主快步往前衝。「我們快走！」

柔柔安公主的腳步有些踉蹌：「阿丁！」

火奴想提醒阿丁：「別急別急！我們先……」

「啊！」突然一陣天搖地動，三人腳下的地面裂開，他們都摔了下去。

掉到山洞裡的柔柔安公主和火奴都摔暈了，只有阿丁還清醒著，他連忙呼叫：「火奴！火奴！公主！公主！你們……你們怎麼了？」

一聲低吼從不遠處傳來，阿丁抬頭看見一頭巨龍盤旋在前方。巨龍抓起飛猩女，正要張嘴吞噬，卻聽見阿丁他們的墜地聲，轉過頭來正好與阿丁四目相望。

「啊！」阿丁嚇得雙腿發抖：「我的媽呀！」

巨龍看看手中的飛猩女，又轉頭看看阿丁，隨即將飛猩女丟到岩石邊，只聽見飛猩女慘叫一聲：「哎呀！」巨龍便轉頭爬向阿丁。

阿丁心想不妙，立刻擋在柔柔安公主和火奴前面，勉強學著火奴，擺起武打的架勢，裝腔作勢地警告巨龍：「別過來，我會噴火功喔！」

巨龍瞧了瞧阿丁，便回頭朝著後方叫了幾聲：「咻——咻！咻——咻！」

阿丁覺得莫名其妙，心想：「他在做什麼？難道是知道我神功無敵，害怕了？」

就在阿丁竊喜時，巨龍的後方卻又冒出兩個龍頭。

「媽媽咪呀！原來他是在叫醒同伴！」恍然大悟的阿丁頭皮一陣發麻。

他回頭望著柔柔安公主與火奴：「火奴！公主！你們快醒醒呀！」他們卻毫無反應。

「糟糕！他的伙伴醒了，我的伙伴卻還沒醒。」

三頭巨龍紛紛爬向阿丁，阿丁焦急不已，拼命搔頭：「怎麼辦？怎麼辦？」

受了傷的飛猩女心想：若不一起合作，大家就都要喪命，便開口對阿丁說：

「他們可能怕光！」

阿丁不解：「啊？怕光？」

飛猩女解釋道：「是的，因為他們長期待在地底下。」

「喔，原來如此！怕光……怕光……」阿丁想了想：「有了！」

他拿出小刀子，跳到剛剛掉下來的地方。抬頭一望，陽光從洞口照射下來。

飛猩女見狀立刻說：「你還不笨嘛！」

阿丁調整小刀子的角度，將日光反射照進山洞，但光線不夠強，巨龍雖因光線刺激而瞳孔收縮，卻只是微閉眼睛。

飛猩女大喊：「用我的雙刀！」隨即將自己一雙長刀丟到阿丁腳前。

「謝啦！」阿丁撿起長刀，長刀的面很寬，更多日光被反射進洞內，巨龍的瞳孔縮得更小，三頭巨龍紛紛退至洞內深處。

阿丁不禁興高采烈：「嘿嘿！」他放下長刀，趁機將柔柔安公主與火奴抱到上方的地面上。

三頭巨龍見沒了日光，便又爬出來，往飛猩女的方向去。

飛猩女避無可避，只好閉目等死，但當第一頭巨龍正要咬向飛猩女之際，阿丁卻衝進洞裡將她抱走。

飛猩女驚喜道：「啊！你……」

巨龍來不及反應，猛力一咬卻什麼也沒咬到，還硬生生斷了三根牙齒。
阿丁幸災樂禍，笑道：「抱歉啊！哈哈！」
巨龍暴跳如雷，生氣地追著阿丁跑。
阿丁一下子便跑到剛才掉落的地方，再用一雙長刀反射日光照進巨龍眼睛，巨龍只得放慢速度。
「你沒輒了吧！嘿嘿！」正當阿丁洋洋得意之際，一片黑雲卻飄來遮住了日光。
阿丁大驚：「不會吧！」
長刀無法反射日光，巨龍不再懼怕，露出奸笑，步步逼近阿丁。
飛猩女大叫：「快跑呀！」
「來不及了！」阿丁放下飛猩女，站穩腳步：「我的火功也是很厲害的。」
三頭巨龍同時爬向阿丁，阿丁只能放手一搏：「想不想吃烤龍大餐？」隨即向巨龍轟出烈火，三頭巨龍往後退去，阿丁得意地說：「怕了吧？」

其中一頭巨龍轉過身，將隱藏在後洞的一顆巨蛋取出，改放到高處的山岩突出處。

「咦？」飛猩女覺得奇怪。

阿丁也發現了：「原來他們有顆蛋啊！」

三頭巨龍再度爬向阿丁，阿丁怒斥：「還敢來？」

為首的巨龍大嘴一張，朝阿丁噴出強勁的烈火。

「哼！」阿丁側身避開：「誰怕誰，來比呀！」他立刻向巨龍轟出烈火；雙方爆火衝撞，火舌四竄。

阿丁沉著應戰：「沒什麼了不起。」他慢慢加強火力，巨龍逐漸煩躁起來。

飛猩女見阿丁漸占上風，好心提醒他：「見好就收，快走！」

但阿丁見勝券在握，玩心大起：「我還沒過癮呢！」

其他兩隻巨龍見狀也加入戰局，紛紛朝阿丁噴出強勁的烈火。

「啊！」阿丁被三道烈火逼得連連後退。

飛猩女著急起來：「我叫你快走啊！」

阿丁卻仍在逞強：「我會應付啦！」被逼退到一個大岩石前時，他急中生智：「為什麼要硬拼？轉彎就可以了！」隨即引導三頭巨龍稍稍改變噴火的方向，烈火便轉經岩壁，向三頭巨龍回襲而去。

眼見局勢逆轉，阿丁喜不自勝：「耶！我真聰明！」

飛猩女也振奮不已：「好啊！」

三頭巨龍暴跳如雷，噴出更強的烈火。

山洞的岩壁經雙方爆火一再衝擊，洞頂開始坍方，落石無數。

阿丁心知不妙：「糟了，沒被燒死也會被壓死！」

這時，放巨蛋的山岩突出處突然震垮，巨蛋跟著滾落，眼看即將墜地。

阿丁和飛猩女驚呼：「啊！」

「快去接蛋。」飛猩女說。

阿丁回答：「好！」

三頭巨龍立即停火扭頭看去，但他們身軀龐大，來不及轉身去接巨蛋。身受重傷的飛猩女挾著阿丁，奮力振翅急飛過去，在這驚險的瞬間，阿丁抱住了巨蛋。

「哎呀！」即將飛出洞口時，飛猩女卻力不從心地往下摔，雖勉強安全著地，卻又落回洞內。

阿丁關心地問：「你怎麼了？」

「我的傷……」飛猩女將阿丁放在地上，隨即痛苦地摸著她的腿及翼。

三頭巨龍步步逼近。

飛猩女急中生智：「用蛋脅迫他們！」

阿丁將巨蛋舉起，作勢要摔，三頭巨龍立刻停下腳步，目不轉睛地注視著巨蛋。

阿丁好奇地問：「怎麼了？」

三頭巨龍都滿臉哀愁。

阿丁見狀，於心不忍：「我們……把巨蛋還給他們吧？」

「你瘋了嗎？」飛猩女趕緊勸阻：「別去呀！你……」

阿丁卻仍抱著巨蛋，慢慢走到第一頭巨龍面前。

巨龍默默地看著阿丁，阿丁輕輕放下巨蛋：「還給你們。」

「謝謝你！」巨龍感激地說。

「啊！」阿丁十分驚奇：「你會講話？」

另一頭巨龍爬過來，對阿丁點頭致意後，把巨蛋謹慎地捧在懷裡。

第一頭巨龍說：「我們當然會說話。」

「這……」阿丁發現自己失言了：「真是抱歉。」

巨龍說：「我本來以為你們是來搶龍蛋的。」

「龍蛋？」阿丁連忙否認：「喔！不，不是的！」

第一頭巨龍指著捧著龍蛋的那頭巨龍說：「這是三百多年來，她第一次懷孕，算是高齡產婦了。」

阿丁吐了吐舌頭說：「真不容易啊！」

第二頭巨龍有些羞怯，低下了頭。

第一頭巨龍又說：「最近她好不容易才生下這顆蛋，所以我們躲在這個大洞裡準備孵化，也一直很小心地防備著。」

「我們完全沒有要偷龍蛋的意思……」阿丁解釋：「我們是不小心摔下來的。」

「我們現在知道了。」第一頭巨龍頓了一下，又說：「那好吧，你們可以離開了。」

阿丁喜出望外：「謝謝你們，祝你們孵化順利！」

三頭巨龍點點頭。

第三頭巨龍突然想到了什麼，說：「對了，這裡有一些東西送給你們，說不定你們用得著。」

阿丁好奇地問：「是什麼呢？」

「這裡常有一些不長眼睛的蜘蛛掉進來。他們全身上下只有腳的細鋼毛還有點用，可以做成釘鞋，給以後的小龍爬山玩。」第三頭巨龍拿出數隻用蜘蛛腳末端做成的釘鞋。

難怪！飛猩女暗想。

第三頭巨龍拿了許多雙釘鞋給阿丁：「如果你們要上山，這鞋可是很好用的！」

「謝謝！」阿丁望著已有些坍塌的岩壁及洞口，面有難色：「只是……」

「放心，我們還有很多。來！我送你們上去。」第一頭巨龍張大嘴朝阿丁和飛猩女吹了一大口氣。

「啊！」兩人往上飄了起來。

7 水濂洞裡的奇蹟

阿丁和飛猩女回到了地面上，柔柔安公主和火奴還沒醒過來，兩個人便在原地休息。

飛猩女一臉驚奇：「真不敢相信我們出來了！我還以為他要噴火……你怎麼了？」

阿丁閉著眼睛，身體呈大字型，躺在地上：「唉……我都快虛脫了……」

飛猩女奇道：「看你的表現，好像老手一樣。」

阿丁回答：「我完全是用賭的。」

「啊？」飛猩女十分驚訝。

阿丁續道：「再用上我老媽平時說的話，沒想到還能過關。」

飛猩女不禁笑了起來：「哈哈……哎呀！」卻不小心扯到傷口。

阿丁擔心地問：「你的傷……」

飛猩女無所謂地回答：「一點外傷而已。」這點小傷，對她來說實在算不上什麼，沒想到阿丁卻動手幫飛猩女的腳包紮起來。

飛猩女驚道：「你不需要這樣的！」

「你剛剛也幫過我啊！」阿丁繼續包紮動作。

「嗯……」飛猩女有些不自在。

包紮完後，阿丁抬頭問道：「可以問你為什麼要殺我們嗎？」

飛猩女剛受到阿丁的幫助，對他心懷感激，就老實答了：「我是奉命而來。」

「奉命而來？」

飛猩女說：「是的。大概在七天前，我的伯父，也就是猩猩王……」

七天前，在猩猩族的石屋區，猩猩王所居住的石塔突然爆炸，猩猩王隨即像是瘋了一般地跑出來，全身都著了火，周圍還環繞著紅色光團。

旁邊的草屋受到火勢波及，很快地燃燒起來，一時間火花四濺，猩猩們忙著澆水，火舌蔓延的速度卻比滅火還快，先是樹林區慘遭火噬，而後迅速延燒到整個猩猩族區。

「後來，猩猩王回復了原狀，卻性情大變。他開始用奇怪的魔法訓練年輕戰士，說是家已被燒毀，必須拓展領土，因此命令全體猩猩族戰士侵略外族。」飛猩女回憶著。

「你們在做什麼？」這時，柔柔安一睜開眼睛，就見兩人在聊天。

阿丁立刻看向她：「你醒了！」

柔柔安公主怒瞪阿丁：「你知不知道她是我們的敵人？」

「啊……這……」阿丁還在想著該如何解釋，柔柔安公主就叫道：「快叫她走！不然就我走！」

阿丁慌了起來：「別生氣嘛……」

「謝謝你幫我治傷，我會回報的，再見。」飛猩女說完，展開略為鬆散的翅膀，搖搖晃晃地飛向遠方。

「你還幫她治傷？」柔柔安公主氣得臉都紅了。

阿丁百口莫辯：「我……這個……我……」

火奴也醒了過來：「誰還幫誰治傷？」

阿丁立刻看向他：「火奴師父！你也醒了？」

柔柔安公主哼一聲：「他還幫敵人治傷！」

火奴笑了笑：「如果能把敵人醫治成朋友，也算是功德一件。」

柔柔安公主氣極：「啊！你們……哼！」轉過頭去不再說話。

火奴抬頭，看了看前方，說：「阿丁，公主，你們快上花果山去吧！就是前面的那座高山了。」

阿丁搖搖頭：「不，要上去就一起上去，我背你！」

「不不，我會成為你們的……啊！」火奴還沒說完，就被阿丁自顧自地背了起來往前走。

花果山上，阿丁穿著蜘蛛釘鞋，背著火奴，扶著手受傷的柔柔安公主，攀在陡峭的山壁上。突然，強風吹起、雷暴襲擊，阿丁靠著蜘蛛釘鞋勉強抓住地面，披著大樹葉抵擋著強風和暴雨。

火奴拍著阿丁的背：「快放下我，我已經沒用了。」

柔柔安公主也說：「放下我們，去完成任務吧！」

「你們很煩呢！我從小到大從來都沒有好好做完一件事，我拜託你們，這次讓我完成好嗎？」阿丁的表情是前所未有的認真。

「啊！」火奴和柔柔安公主沒想到他會說出這種話。

猴人族村莊附近的一座山上，猩猩族的戰士成群結隊湧上了山坡，向著猴人族而來。觀望台上的猴人族戰士一發現猩猩族戰士，便立刻高喊：「他們來了！」隨即派人立刻去村裡通報。

猩猩王親自率領眾多猩猩族戰士，隊伍十分整齊，很快地就來到猴人族的大門口。大門半開半閉，猩猩王不疑有他，立刻下令：「進去殺了那些猴崽仔，一個不留！」

猩猩族戰士們立刻回答：「是！咦？他們的門沒有關。」

「一定是怕我們，嚇得忘了關門了，哈哈！」其他猩猩族戰士說。

「沒錯！」

「進去吧！」猩猩族戰士紛紛笑道。

猩猩族戰士們整齊地衝進猴人族大門，大叫著準備和敵人廝殺。

「啊！」仔細一看，才發現只有幾個猴人站在廣場中央。

猩猩族隊長下令：「把他們抓起來！」猩猩族戰士呼嘯著衝到廣場中央，卻發現那幾隻猴人竟是稻草紮的人。

「啊！是假的！上當了，可惡！」猩猩族戰士們憤怒地將假猴人撕成粉碎，只見粉碎的假猴人中飄出陣陣白霧，在廣場中央附近聞到的猩猩族戰士皆倒地不起。

猩猩族隊長又吩咐：「快去找出那些奸詐的猴人來！」

猩猩族戰士應道：「是！啊？怎麼走不動了？」猩猩族戰士們這才發現自己

的腳都被地上的黏液給纏住了。

這時，外圍出現大群猴人族戰士。領頭的女祭師叫道：「攻擊！」猴人族戰士們便朝著猩猩族戰士猛丟石塊。猩猩族戰士們驚慌失措，慌忙閃躲，卻都被砸得體無完膚，發出慘叫：「啊！」、「哎呀！」

女祭師對戰果十分滿意：「把他們綁起來！」

「是！」猴人族戰士拿出麻繩衝向猩猩族戰士們，要將他們一網打盡。遠處的猩猩王只是靜靜地看著，突然抬腳用力一踩地面，地面立刻被震裂，裂痕延伸至廣場中央的地板。地板被震成了碎片，猩猩族戰士們的腳終於能動了，各自與猴人族戰士展開惡鬥。

身材與力量都有優勢的猩猩族戰士很快就占到上風，十分得意：「哈哈哈！」猴人族戰士則被打得節節敗退。

「嘿嘿！我要毀了你們的精神信仰！」猩猩王見狀十分滿意，轉身跳上半山腰，走向祭壇。女祭師看到猴人族戰士的狀況，及猩猩王跳上祭壇不知有何意圖，十分著急，趕緊下令：「放蜂！」

白髮長老笑道：「你們腳下是蜜與樹膠的融合物，保證馬蜂會喜歡的。」

猴人族戰士朝地面丟下數個大型馬蜂窩，馬蜂窩墜地後飛出來許多馬蜂，叮咬腳上沾染到蜜與樹膠融合的猩猩族戰士們，痛得他們哇哇大叫。

猩猩族戰士們一面要閃躲馬蜂，一面要抵擋猴人族戰士的攻擊，忙得不可開交。女祭師見情勢轉為有利，便飛向祭壇。

阿丁辛苦地將柔柔安公主和火奴帶上了高聳的花果山上，一道涓滴單薄的瀑布就在眼前。

柔柔安公主驚喜道：「瞧！那是水濂洞！」

順著柔柔安公主的目光看去，只見前面是一道滴著少量水的瀑布，瀑布後方是一片黑壓壓的大洞。

阿丁開心道：「太好了！我們終於到了！」

火奴邊咳邊說：「咳咳……我一直希望能上來……」說著，歪了歪頭：「只是……」

「只是什麼？」阿丁問。

火奴搖搖頭：「沒什麼。」

柔柔安公主一心想趕快完成任務，出聲提醒：「阿丁，事不宜遲，我們快進去水濂洞，請孫大聖下山。」

阿丁用力點點頭：「好！真是期待！」

柔柔安公主笑著說：「好興奮喔！」

阿丁背起火奴，扶著柔柔安公主，問道：「準備好了沒！」

柔柔安和火奴齊聲說：「好了！」

「好……」阿丁深吸一口氣：「跳！」縱身往水濂洞一跳，三人越過深淵，穿過涼涼的水滴瀑布。

柔柔安公主十分興奮：「哇！真刺激！哈哈！」

跳進水濂洞裡，三個人在地上滾了滾，站起來後卻都呆住了。
火奴驚呼：「啊！」
「怎麼會這樣呢？」阿丁不敢相信眼前的景象。只見洞內一片荒蕪，只有一尊半毀的石像在中間，其他什麼也沒有，更別提他們期待的救星孫悟空大聖。
阿丁揉了揉眼睛：「我們是不是走錯洞了？快到處找找看，說不定大聖躲起來跟我們開玩笑呢！」
火奴說：「阿丁，我以前只是聽說……沒想到竟然是真的！」
「……」阿丁默然，走到那尊半毀的石像前，依稀可以看出是個穿盔甲的猴人。
柔柔安公主見他失落的樣子，忍不住喚道：「阿丁……」
「唉……這就是大聖了。」阿丁回頭說道。他頹然地坐在地上，喃喃自語：原來一切都是假的……都沒了……」
「沒有了救星，那猴人族該怎麼辦？」柔柔安公主也不知該如何是好。

阿丁閉目喊道：「完了！」

火奴卻說：「阿丁，說實話，你能冒這麼多危險，接受這麼多考驗來到這裡，證明你已經具備孫悟空的實力了。」

柔柔安公主也說：「是的，阿丁，你……就是我們的孫悟空！」

阿丁自嘲地笑了笑：「你們不用安慰我。」隨即站了起來，說：「我只是不甘心，為什麼我總是這麼背，做事常常都徒勞無功？現在，就算想盡一個保護家園的機會都沒有了！」

柔柔安公主安慰他：「阿丁，沒有關係的。」

「是的，你們就快點……回族裡去幫忙吧！」火奴提醒兩人。

「沒錯，阿丁！唯有靠自己才是對的，只要我們趕緊回去，還是來得及的。」柔柔安公主又重拾了信心。

「來得及嗎？」阿丁茫然地走到半毀的石像前。

「阿丁你……」柔柔安公主不知阿丁想做什麼，忍不住出聲。只見阿丁在石像前突然跪下來。

「啊？」柔柔安公主和火奴都覺得困惑，阿丁卻自顧自地雙手合十，說：「大聖！非常抱歉，原本我是不相信有神存在的，但是現在……我卻非常希望您真的是神，真的存在，保佑我們猴人族的每個人都能平安，我求求您啊！求求您啊！」

他一邊說，一邊朝著石像前的石板磕頭。

「唉……」火奴忍不住嘆氣。柔柔安公主見他如此，十分不忍心，喊道：「阿丁！你不用這樣！」阿丁卻更用力磕頭，竟然撞得石板「啪」的一聲，裂成數塊。

柔柔安公主又叫道：「阿丁！別磕了，我們要留著命回去呀！」

火奴也勸道：「是啊！你看你的頭都磕破了。」

阿丁卻說：「不……不是我的頭破了，是地板破了。咦，這是什麼？」他撥開碎石，發現地板下面的凹洞竟藏著一只金箍。

阿丁愣愣地盯著金箍：「這是……」

柔柔安公主走近一看：「啊！好像是孫大聖的……」

火奴叫道：「金箍！」

阿丁睜大眼睛：「金箍？」

「阿丁！快戴起來！快！」柔柔安公主興奮地催促著。

阿丁迅速戴上金箍，左右調整了幾下，說：「戴起來好像有點老土。」

柔柔安公主一直期待著會有什麼變化，但見到阿丁戴上金箍後卻什麼也沒發生，不禁失望，面上卻笑著，說：「不會啦，戴起來嚇嚇他們也好！」

阿丁點點頭。柔柔安公主又說：「我去後面找找看有沒有什麼樹藤繩子，才好下山。」一邊說邊走到角落去，背對兩人時才露出失落的神情。

這時，阿丁額頭上的金箍卻在吸收汗水的熱氣後，開始叢生金色觸角，深入額頭，澎湃的能量從金箍發出，透過觸角進入頭部，而後遍及全身經脈，開始發光發亮。

阿丁大叫：「啊！怎麼回事？好癢啊！」

火奴轉頭看向他，瞪直了雙眼：「阿丁……你……大聖上身了？」

「上身？上什麼身？」阿丁有些納悶。

光芒由阿丁的頭延伸到腳，再從腳底蔓延至地面，再擴展到四周。光芒所及，地面均長出了青草及花叢，外頭的陽光也灑進洞內。

「咦？」火奴的身體經過光芒洗禮也精神大振。他不自覺地站起來走了幾步，想要觸摸一下這奇怪的景象，隨即意識過來自己竟然在走路，不禁大喜過望：「阿丁！阿丁！我……啊！我的腳……我的腳……我會走了！」

遠處的柔柔安公主憂心忡忡，專注地翻找著樹籐。她大聲叫道：「阿丁！快過來幫我找……」話說到一半，卻突然發覺背後隱隱有亮光閃動，一轉身，容光煥發的阿丁竟然就在眼前。

「你……」柔柔安公主指著他激動地說不出話來。

只見阿丁笑道：「你不用找了！」

「啊！」柔柔安公主這才反應過來發生什麼事了。

阿丁扶著柔柔安公主與火奴挾著一股氣團飛出水濂洞，穿過大瀑布，並且迅速地就往猴人族的方向飛去。

陽光耀眼，大地一片光明。沒多久，猴人族大門就在眼前。

「哇！」一轉眼就回到了村莊，柔柔安公主忍不住對他們的飛行效率感到驚嘆。

阿丁看著大門，興奮地叫道：「猴人族，我們回來了！」

他們都沉浸在自己的情緒中，沒有發現此時的火奴，正呆呆地望向猴人村，眼眶裡閃著點點淚光。

8 決戰猩猩王

女祭師進了祭壇內，只見桌椅亂成一片，卻沒見到猩猩王的蹤影。

「奇怪！人呢？」

猩猩王從女祭師的背後出現，迅速出掌偷襲，女祭師感覺到有人，立刻轉身：「啊！猩猩王！」

猩猩王一擊不中，又劈出一掌：「芭蕉扇呢？」

女祭師邊躲邊說：「猩猩王！你已經違反約定了！」

猩猩王撲了個空，停下來說：「少廢話！快把我的東西還給我！」

女祭師舉著手中的禪杖：「芭蕉扇及猴人族能量石都已經融合在這禪杖裡面了。」

猩猩王笑道：「那正好！一起拿過來！」

「好！給你！」女祭師朝猩猩王搖動禪杖，禪杖頂端轟出強烈光爆，擊在猩猩王身上。猩猩王起先還能運起光球抵擋，但隨後光球便碎裂了，猩猩王被轟出祭壇外，後背撞在山壁上，痛得大叫：「啊！」

「嗯，還好，沒有想像中厲害。」女祭師看了禪杖一眼，也跟著走出祭壇。

「果然是真的……」猩猩王低聲說道，他貼著山壁上，身體還冒著煙。

女祭師再轟出層層光爆：「我要轟出你的原形！」光爆打在猩猩王的身上，壓得山壁凹陷出一個大洞，陣陣煙塵升起。

一陣煙塵瀰漫中，猩猩王的身後溜出一隻紅色牛頭人，鑽進地下，在女祭師身後無聲無息地跳出來，用尖銳的牛角朝女祭師的背後一刺。女祭師耳朵動了動，察覺有異樣，猛轉過身閃躲，背後仍被牛角劃出一道傷痕。

「哎呀！」女祭師痛呼一聲，原本射出的光爆頓時一偏。

猩猩王閃了一下紅光，抖了抖身體，突然起身迅速衝向女祭師。女祭師一回頭，就被撞飛幾尺，禪杖落在猩猩王旁邊。

「啊！」女祭師見禪杖掉落，十分著急，趕緊衝過去，猩猩王卻先一步撿起

禪杖，迅速朝女祭師轟出光爆。女祭師閃避不及，右肩被光爆轟中，倒著飛向後方，將祭壇撞出一個大洞。

猩猩王十分得意：「現在物歸原主了！」他仰天大笑道：「臭猴子！我就要占有你的一切了！哈哈哈哈！」猩猩王拿出兩顆能量石，與禪杖併在一起，霎時間，風熱起、電光閃，四顆能量石合而為一，並與禪杖裡的芭蕉扇結合成超級能量石。

「太正點了！」猩猩王拿著這顆超級能量石，不懷好意地看向女祭師。倒在祭壇牆壁上，奄奄一息的女祭師說：「你已經得到你要的，快帶你的人走吧……」

猩猩王嘿嘿笑了兩聲：「好！不過我想試試看它全部的威力。」一邊把玩能量石，一步步走近女祭師。

女祭師毫不畏懼：「來吧……啊！」說著又吐了一口血。

猩猩王將能量石對準女祭師，女祭師閉上眼睛。

「慢著！」就在猩猩王要運勁時，族長與眾長老們出現了。

族長說：「別急，還有我們這幫加起來幾百年功力的老將來對付你！」

猩猩王根本沒將他們放在眼裡：「喲！你們還沒死呀？」

族長說：「我們活得好好呢！列陣！」說完，與眾長老排列成一條直線。

女祭師著急地說：「族長！你們快走！」

族長搖搖頭：「不！這不是你一個人的事，這是大家的事！快！」

以族長為首，眾人串連起來，發出巨大光柱轟向猩猩王。

「既然你們嫌命太長了，我就來幫你們一下吧！哈哈哈！」猩猩王一邊狂笑，一邊用能量石發出光爆，輕輕一碰光柱，光柱爆散，族長與眾長老紛紛跌倒。

「你們這些可惡的老傢伙！拿命來吧！」猩猩王說著，就要趁勢追擊。

族長摸著胸口，說：「你只會用寶物來欺負我們這群老人，咳……咳……想必是沒有真功夫。」

花髮長老附和：「對，沒錯！」

猩猩王大怒，停下動作，說：「誰說的？我一定讓你們死而無憾！」

「大王！」飛猩女突然出現。

猩猩王說：「你來的正好，幫我拿著。」

飛猩女：「是。」她收下猩猩王給的能量石，猩猩王獰笑著走向族長與眾長老，同一時間，飛猩女走到了猩猩王背後，高舉能量石……

猩猩王叫道：「我就替天行道，送你們這群老傢伙上路吧！」

「啊！」族長與眾長老驚叫著。

就在猩猩王雙手祭出光球，要擊向族長與眾長老時，一道光爆由後方射了過來，猩猩王的眼睛一斜，光球便轉而襲向後面的飛猩女。

「哎呀！」飛猩女如斷線風箏般摔倒在地。

猩猩王跺了跺腳：「連你也敢背叛我？哼！」

飛猩女急切地說：「伯父！別被蒙蔽了，快醒醒啊！」

猩猩王哼了一聲，不予理會。

猴族廣場上，阿丁、火奴與柔柔安公主從天而降，猩猩族戰士與猴人族戰士仍在戰鬥中，沒有人發現他們的出現。

柔柔安公主看見半山腰上的祭壇飄出一股濃煙，忙道：「阿丁！快！他們在上面！」

阿丁猶豫著：「可是這……」

火奴說道：「放心！這裡有我，快上去祭壇！」

「好！」阿丁與柔柔安公主立刻飛往半山腰。阿丁邊飛邊想：奇怪！他怎麼知道祭壇在哪兒？

眼見猩猩族與猴族戰士還在混戰，火奴想了想：「得速戰速決！嗯！看我的冷凍術！」他比出手勢，朝猩猩族與猴族戰士轟出層層冰氣。

猩猩族與猴族戰士都發著抖：「怎麼越打越冷？」隨即被寒氣凍住四肢。

火奴叫道：「大家冷靜下來！聽我一言！」

祭壇外，飛猩女被猩猩王一把丟到猴人族的眾長老堆中，壓在一位長老身上，長老痛呼：「哎呀！」

猩猩王大吼：「你們這群老東西和叛徒，今天就是你們的忌日！」他以能量石朝眾人轟出光爆，眼看就要擊到眾人。

「慢著！」阿丁急速飛到，擋住光爆，撞擊產生強烈閃光與煙塵，煙霧散盡後，只見當中多了一個頭戴金箍的猴人。

猩猩王大驚：「咦？」

族長看了，拍手叫道：「太好了！大聖請來了！我們有救了。」

也已趕到的柔柔安公主關心地問：「爺爺！祭師、長老，你們沒事吧？」

族長高興地說：「看見大聖來了，我們有事也變沒事了。」

柔柔安公主錯愕：「啊？」

花髮長老瞇著眼睛，有些狐疑地對女祭師說：「我看那人有點像是祭師你的兒子阿丁！」

女祭師小聲地說：「可能是請不到大聖，阿丁假扮的。」

猩猩王哼了一聲：「孫悟空早就死了。」

「那倒未必！」阿丁笑道。

「不管你是真是假，都一樣啦！看我的厲害！」猩猩王說完，以能量石對阿丁轟出光爆，阿丁被轟擊出去，繞著圈急速飛行。

猩猩王狂笑：「哈哈哈！我就說嘛！都一樣啦！」

正當猩猩王洋洋得意時，阿丁卻快速從猩猩王的背後出現，回撞猩猩王，撞得猩猩王摔到在地：「哎呀！」

阿丁站直後大笑：「哈哈！不一樣喔！」

猩猩王立刻跳了起來，怒道：「沒用的，你們今天都得死！」他彎腰挺身，瞬間變得碩大無比，能量石也變成一支巨錘。

阿丁並沒有被唬住，說道：「大不一定有用！多才有用，看我的拔毛術……咦？哎呀！好痛！毛怎麼拔不起來？」阿丁齜牙裂嘴地揪著自己的頭毛。

猩猩王見了，大笑：「等你被我打扁了，我再幫你代勞！免費的喔！哈哈哈哈！」

「不！謝謝了！還是我自己來吧！」阿丁說完，猩猩王高舉的巨錘就打下來，阿丁慌忙閃躲著巨錘，地面和山壁都被搥撞出許多大洞。

「救命啊！救命啊！」阿丁東逃西竄，一溜煙就跑離了祭壇，猩猩王在後頭緊追著：「別跑！」

「阿丁到底行不行啊？」女祭師十分擔心，緊張地望著兩人離去的方向。

柔柔安公主想了一下，說：「嗯……他可能只是要引猩猩王離開這裡。」

女祭師皺著眉：「是這樣嗎？」

「大概吧……」柔柔安公主轉移了話題：「您的傷還好吧？」

女祭師執起她的手，真誠地說：「謝謝，我沒事！阿丁多虧你照顧了！公主！」

柔柔安公主靦腆地說：「不用叫我公主啦……而且，是阿丁照顧我的。」

「什麼？」女祭師以為自己聽錯了。

從山頭跑到山尾，猩猩王仍緊追不捨，一拉近距離就以巨錘猛擊阿丁，阿丁慌忙閃躲。

「嘿嘿！」猩猩王的攻勢使阿丁毫無還手的餘地，只能邊躲邊跑。

「不行！我現在是猴族的英雄，不能沒有一點英雄的樣子！」阿丁雖然這樣告訴自己，但猩猩王的攻擊實在太過凌厲，他只好耐心等待反擊的時機。一攻一躲好幾回後，猩猩王越來越急躁，一個發力，想一次就狠狠將阿丁擊倒。阿丁往前滾了滾，避開險些落在自己身上的巨錘，而後站起身來。

猩猩王叫道：「別像個小丑一樣，像一個男子漢來打一場吧！」

「我不是一個男子漢，而是很多個男子漢！」阿丁拔出一簇毛，使勁一吹，這簇毛變成了許多個阿丁，聯合起來攻擊猩猩王。

突然冒出這麼多個阿丁，這裡抓一下，那裡踢一下，猩猩王不堪其擾：「可惡的小傢伙！」

阿丁們在他說話之際，鑽進了猩猩王的鼻孔和耳朵裡，在裡頭蹦蹦跳跳，讓猩猩王是又痛又癢，氣得拿巨錘亂敲亂打：「氣死我了！」

「來！表演火焰熱舞的時間到了！」阿丁運勁朝猩猩王噴火，全部的阿丁也跟著一起噴起火來，熊熊烈火從四面八方、裡裡外外燒向猩猩王，猩猩王失聲痛呼：「啊！」

阿丁哈哈大笑，說：「看你還能唱出什麼戲來！」

「哼！看我的厲害！」猩猩王氣急敗壞，使出絕招，瞬間變成了鋼鐵人，迅速縮小身體，將躲在自己耳朵和鼻孔內的阿丁全都壓扁：「現在流行鋼鐵人啊！哈哈！」

阿丁苦著臉：「啊！可憐啊，我的分身。」

「嘿嘿嘿！」猩猩王囂張地笑著。

阿丁沒有氣餒，一抬頭，挑釁地問：「不過，你沒念過書嗎？沒聽老師說金屬是電的良導體嗎？你忘了我頭戴金箍，繼承了孫悟空大聖的七十二變？」

猩猩王哼一聲：「那又如何？」

阿丁露出一抹陰險地笑容：「看我電得你叫媽媽！」他以手指射出強烈閃電，猛擊猩猩王，猩猩王的金屬鋼鐵人被電得發亮冒煙。

「啊！」猩猩王被電回原形，焦頭爛額地攤在地上。

「好機會！」阿丁衝到猩猩王身邊，奪下猩猩王身上的能量石。

「哈哈！現在換我拿了！」就在阿丁拿到能量石時，猩猩王猛然睜開眼，手腳突然伸長，勾住阿丁的四肢：「你上當了！哈！」他張開血盆大口咬向阿丁。

阿丁大喝一聲，從嘴裡吐出一股熱焰直擊猩猩王，猩猩王全身都燒了起來，被轟飛到遠方。

阿丁打飛了敵人，得意洋洋：「你不知道嗎？這可是我的拿手絕技呢！糟糕！太用力了！」

猩猩王從天而降，重重摔在已是斷垣殘壁的祭壇前，吐了好幾口血：「啊……完了！」

族長感動地說：「祭師！你看你兒子終於成器了，還打敗猩猩王。」

女祭師也是萬分激動：「是啊！」

「兒子？」猩猩王一聽，詭異地笑了一下，大手一張，將女祭師吸過來。

「啊！」女祭師叫道。

「祭師！」眾人都十分著急。

「嘿嘿！」

阿丁一飛到祭壇，就看見自己的老媽在猩猩王掌下，嚇得大叫：「啊！」

猩猩王轉過頭去，向阿丁吼道：「快摘下金箍，否則這位生你養你的親愛媽咪就完蛋了！」

族長又急又氣：「猩猩王！虧你還是一族之長，怎能用這種下三濫的手段！」

猩猩王不理，道：「說什麼都沒用，快把金箍給我！」

女祭師虛弱地說：「不要管我……阿丁，你有這種成就我已經很高興了，我死後千萬別放過他……」

「媽！」阿丁急得像熱鍋上的螞蟻，不知如何是好。

花髮長老叫道：「絕對不要給他！給他……我們猴人族就完了，犧牲一人如果可以保全更多人！這生意划算！」

族長聽了，差點沒氣死：「你說什麼！」撲上去便和花髮長老扭打在一塊。

花髮長老被揍了幾拳，急道：「你瘋了？」

「早就想這麼做了！」說著又是一陣拳打腳踢。

「哎呀！」花髮長老慘叫連連。

猩猩王不耐煩地說：「你們演戲也沒用，快把……」

「放了她吧！這金箍你要就送給你吧！」阿丁求道。

猩猩王喜道：「真的？」

阿丁將頭上的金箍摘下來，眾人大驚：「啊！」阿丁身上的金光漸漸退去，拿著金箍，說：「拿去吧！」

猩猩王哈哈大笑：「早該如此了！」伸手就要去拿。

女祭師猛力搖頭：「阿丁！你……」

阿丁大叫：「快放人！」雙手奉上金箍，並看了眼金箍上的文字。

「給我！」猩猩王一把搶過，立刻將金箍戴上頭頂，一陣閃閃金光由他的頭頂鍍到腳。

猩猩王如願以償，放聲大笑：「哈哈哈！爽呆啦！」

阿丁趕緊看著金箍上的文字，唸了起來：「依利……」

猩猩王腦袋一陣劇痛，驚呼：「啊！怎麼頭有點疼？」

阿丁興奮道：「有效了！」想繼續唸咒語，卻發現第三個字不會唸，著急地大叫：「啊！第三個字怎麼唸啊？有誰快告訴我！柔柔安！」

猩猩王皺眉：「我就知道有鬼！」他掙扎著要拔出金箍，阿丁卻不給他機

會，跳上猩猩王的頭壓住金箍，但猩猩王的力量奇大，他一個人無法制住，忙叫：「大家快過來幫忙壓啊！」

族長和眾長老立刻圍上去，幫忙壓住猩猩王頭上的金箍。

柔柔安公主趕緊辨識金箍上的字：「第三個字是……是……」

阿丁急道：「是什麼字？快唸啊！」

柔柔安公主被催促，又急又氣：「你們動來動去我都看不清楚！阿丁！以前叫你好好念書你都不聽！」

阿丁有些心虛：「啊……我……我是比較愛玩，不過，我的公主啊！麻煩你快唸啊！」

「沒這麼容易！」猩猩王大喝一聲，更加用力，就在猩猩王即將拔出金箍時，柔柔安公主終於看清金箍上的字：「羯……依利羯安答庫！依利羯安答庫！」

「啊！」猩猩王痛苦地大叫，額頭上的金箍由金色細枝變成了黑色棘枝，深入頭皮內層，分泌出陣陣痛感元素。

猩猩王抱著頭，瞬間仰身，甩開壓在身上的眾人，眾人跌在地上：「哎呀！」

阿丁大叫：「大家一起唸『依利羯安答庫，依利羯安答庫』！」

眾人齊聲喊道：「依利羯安答庫，依利羯安答庫！」

「哎呀！我的頭啊！」猩猩王更痛苦了，頭上黑星亂冒，身上隱隱現出紅色牛的影像。

女祭師見狀，說：「阿丁！你能不能把他身上的紅牛撞出來？」

阿丁點點頭：「好！看我的原力，不加料的喔！」他全力朝猩猩王一撞，將附身在猩猩王體內的紅色牛影像撞出來。

紅色牛影像陰測測地說：「沒關係，我還可以再附身控制別人……」話未說完，一道烈火噴過來，紅色牛瞬間燃燒起來，淒厲大叫：「啊！」

「碰到我就沒機會了！」原來是火奴適時出現了！

紅色牛影像身上的火越燒越大，他齜牙裂嘴地說：「你們竟敢對我牛魔王用

奸計……」

阿丁拍手笑道：「什麼奸計？你呀！就是不好好念書……就算不念課內書，至少要看點課外讀物……就像是西遊記呀！」

「什麼？」

阿丁說：「連緊箍咒都不知道，你真是無知死了！」

「啊！」紅色牛影像終於被火吞噬，燒成一了枚灰，隨風飄逝……

解決了牛魔王，阿丁捧著金箍與能量石走到女祭師面前，蹲下喚道：「媽媽！」

受傷的女祭師有些虛弱，說：「你自己留著，這是大聖賦予你的責任，要鋤奸扶弱，保護猴族。」

阿丁點點頭：「是的，媽媽！你的傷……」

女祭師安慰道：「一點小傷，公主已經幫我包紮了，沒事！」

柔柔安公主笑道：「對呀！還不快謝謝我！」

阿丁見媽媽沒事，終於放下心來：「哈哈！」

女祭師叮囑著：「阿丁！你今後要好好對待公主，知道嗎？」

阿丁答道：「是是是！我已經對她很好了！」

柔柔安公主不以為然：「有嗎？」

女祭師笑了出來：「哈哈！」

這時，火奴走了過來。

女祭師看見他，說：「還有這位……我們也要好好謝謝他！」

阿丁驕傲地說：「這是我師父火奴，他的本領可大著呢！」

柔柔安公主跟著說：「還救了我們的命！」

「對呀！」阿丁說。

「火奴？那真是太感謝你了……」女祭師說著，卻發現這人好像有點面熟。

火奴笑了笑：「這是應該的，阿丁是個好孩子。」

阿丁開心地說：「就是嘛！」

柔柔安公主斜了他一眼：「你還說呢！」

女祭師看向破碎的祭壇，神情感傷。阿丁見狀，說：「媽！真是抱歉！我晚到了，才讓這個祭壇被毀。」

女祭師難過地說：「這個祭壇是阿丁的爸爸親手蓋的，唉……現在卻連一個能紀念他的東西都沒有了，唉……」

火奴卻直直盯著女祭師，說道：「這個祭壇如果要修復，要從正樑開始蓋起。」

女祭師聞言，立刻抬頭：「你……你說什麼？」

火奴眼睛眨也不眨，說：「我說這祭壇，得從正樑開始蓋！」

女祭師非常驚訝：「你……你這話，怎麼跟當年，阿丁爸爸講的一模一樣？」火奴聽了，拿出自己貼身多年的香袋給女祭師。

阿丁大驚：「怎麼你也有？」

火奴激動地握住女祭師的手，說：「阿丁的媽！小鳳！我回來了！」

女祭師睜大眼睛：「啊！你……你真的是……」

火奴看著她，眼裡都是淚：「是的！」

女祭師卻說：「你……你變矮了！」

火奴莞爾：「哈哈！能活著回來就已經……」

女祭師轉向阿丁，開心地叫道：「阿丁！你爸爸回來了！」

阿丁傻在原地：「火奴是我爸？不會吧！你們……」

「沒錯！」女祭師堅定地說。

火奴開心地大笑起來：「哈哈哈哈！」

柔柔安公主被這一幕感動了，不斷流著淚：「恭喜你們一家團聚了！」

女祭師左手拉著阿丁，環抱著柔柔安公主，右手抱著火奴，說：「是的！我們一家終於團聚了！」四個人靠著彼此，抱頭痛哭。

飛猩女看了看他們，一個人默默走下山。

花髮長老說道：「把猩猩王押下去，也讓他們一家團聚！」

猩猩族戰士都被綁起來，押在猴人族的廣場上。

花髮長老叫道：「把他們全部處死！」

眾猴人跟著高呼：「全部處死！全部處死！」

阿丁搖搖頭，說：「不行！猩猩王是被牛魔王附身，才會攻擊各族！」

花髮長老皺眉，說：「你為什麼老是袒護他們？」

阿丁解釋：「因為他們也是猴族的後代，更何況他們也是被逼的。」

花髮長老哼了一聲，轉頭說：「族長！你說！」

族長笑呵呵地摸著鬍子：「這次最大的功勞是阿丁的，我也同意他的說法。」

「哼！」花髮長老很不服氣。

飛猩女感激地說：「阿丁，謝謝你！」

阿丁上前問道：「你們要去哪裡？」

飛猩女無奈地回答：「不知道，我們已經無家可歸了。」

阿丁轉頭：「族長！我知道河的另一邊有一大片未開墾的山林地。」

族長聽懂他的意思，說：「嗯，如果你們願意的話，可以到河的另一邊生活。」

已恢復正常的猩猩王說：「謝謝你們！」

族長大聲地說：「我們都是猴族的後代，秉持孫悟空大聖的志向，要和睦相處，互相幫助，我們只有一個大地！」

阿丁跟著喊道：「是的，我們是孫悟空大聖的後代，我們以孫悟空齊天大聖為榮！齊天大聖！萬萬歲！」

猴人族和猩猩族都齊聲高呼：「齊天大聖！萬萬歲！齊天大聖！萬萬歲！」

女祭師看著阿丁，眼中含淚，火奴則緊握著女祭師的手。

火奴笑了笑：「孩子長大了。」

女祭師欣慰地點點頭：「是的。」

一隻螞蟻在崖上奔馳，身上紅光隱現。

「齊天大聖！萬萬歲……」歡呼傳到了遠處的河谷邊，螞蟻回頭，怒道：「什麼齊天大聖，我呸！」螞蟻呸的動作太用力，帶動腳下一塊石頭鬆脫，石頭滾落下去，螞蟻也跟著摔到山谷下的急流裡。

螞蟻大叫：「啊！我不會游泳啊！我不會游泳啊！」浮浮沉沉一會兒，吃了好幾口水，好不容易抓到一塊浮木，螞蟻喘著氣，說：「哼！我會再回來報仇的！我會……」河水十分湍急，螞蟻一不留神，瞬間就已隱沒在急流裡。

「啊……咕嚕……咕嚕……救命！救命啊！」

阿丁與柔柔安公主走在猴人族村莊的路上。

柔柔安公主問道：「你知不知道今天要開什麼會？」

阿丁回答：「不知道！」

柔柔安公主有些害羞地說：「很可能是……」

這時，路邊房舍的窗戶一間間打開，裡頭的猴人都搶著與阿丁打招呼。

「阿丁族長大人！」

「阿丁真厲害！」

「真是猴族救星、孫大聖的傳人啊！」

「我就知道他長大會有出息！」

「他們可真登對呀！」

柔柔安公主聽見他們說的話，臉都紅了。

阿丁開心地回覆：「哈！大家早安！」

一隻半躺在路上乞討的大猴人看見阿丁，對他比了個大拇指。

「哈哈！」阿丁心情更好了。

尖臉小猴從角落裡走出來，叫道：「阿丁大哥！」

阿丁對他笑了笑：「什麼事啊？」

「你看我的圖，畫得怎麼樣？」尖臉小猴拿出一張樹皮圖來交給阿丁，圖上仍是畫著山水花園及溜滑梯。

「這是我設計的樂園圖！」尖臉小猴期待地看著他。

阿丁仔細地看著樂園設計圖，柔柔安公主則目光溫柔，笑看著阿丁。

阿丁摸摸他的頭：「這真是太有創意了、太有趣的設計了，如果照做，我們猴人族的小朋友就有福了。」

尖臉小猴十分高興：「你真覺得好？」

阿丁點點頭，語氣肯定：「當然！」

尖臉小猴左看看，右看看，說：「那就賣給你，便宜賣給你！」

「什麼？」阿丁有些錯愕。

尖臉小猴一臉認真：「偉大的設計便宜賣給你！」

阿丁歪了歪頭：「我又沒錢……」

尖臉小猴卻說：「你當上族長以後就有錢了！」

阿丁雙手合十，求他：「啊！族長？哎……五折好不好？我們是朋友嘛！」

尖臉小猴非常堅持：「不行！」

阿丁又說：「那……六折……七折……八折……」卻全都被尖臉小猴回絕。

柔柔安公主見他兩人這樣，笑得合不攏嘴，銀鈴般的笑聲，連著祥和幸福的氣氛，一同迴盪在整個猴人族，乃至於整個草原山谷！

旅程回顧：路線圖

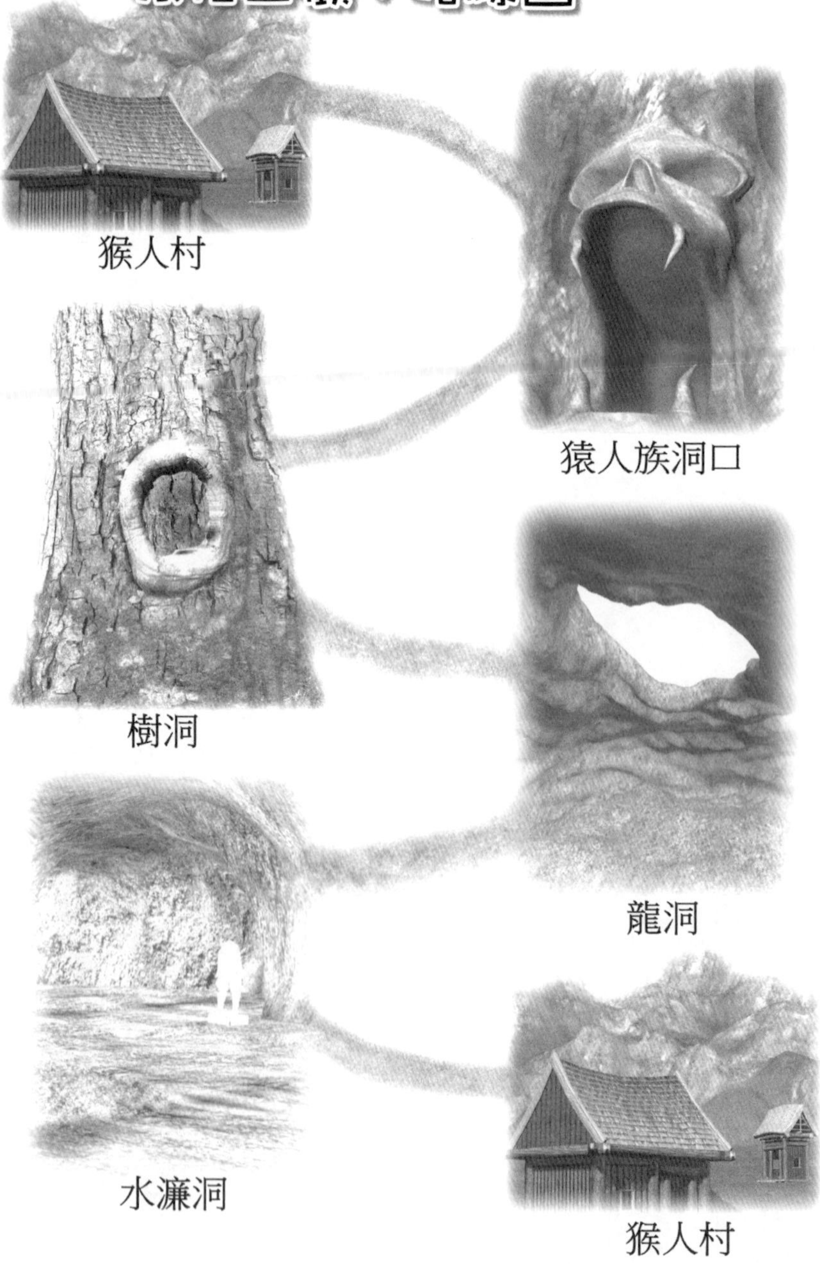

旅程回顧：阻礙者

本書作者的LINE精緻貼圖，
趕快來先睹為快吧！

動畫網址:

https://goo.gl/2NNoSj

貼圖網址:

http://line.me/S/sticker/1141981

本書作者另一新作——年獸

傳說中的年獸，會在大年初一時出來破壞房舍及吃人，引起天下人的恐慌，其實年獸本性善良，還是吃素的，之所以會做壞事，是因為受到陰謀者的控制……

本書作者另一新作——巨龍之箭

住在森林裡的高大山奉母命去相親，把前來抓拿逃犯的嘉美公主誤認是未婚妻，犯下大不敬而被關起來，卻誤打誤撞得到巨龍之箭，打敗妖邪，成為國家級的救星！

國家圖書館出版品預行編目資料

尋找孫悟空大聖／曾德盛 著
-- 初版. -- 新北市：集夢坊出版，采舍國際發行
民105.2
面；　　公分
ISBN 978-986-92750-1-9（平裝）

859.6　　　　　　　105000635

集夢坊

尋找孫悟空大聖

出版者●集夢坊
作者●曾德盛
電腦繪圖●曾德盛
印行者●華文聯合出版平台
出版總監●歐綾纖
副總編輯●陳雅貞
責任編輯●蔡靜慈
特約編輯●Eunice
美術設計●吳吉昌
內文排版●陳曉觀

台灣出版中心●新北市中和區中山路2段366巷10號10樓
電話●(02)2248-7896　　傳真●(02)2248-7758
ISBN●978-986-92750-1-9
出版日期●2016年2月初版

郵撥帳號●50017206采舍國際有限公司（郵撥購買，請另付一成郵資）
全球華文國際市場總代理●采舍國際 www.silkbook.com
地址●新北市中和區中山路2段366巷10號3樓
電話●(02)8245-8786　　傳真●(02)8245-8718

全系列書系永久陳列展示中心
新絲路書店●新北市中和區中山路2段366巷10號10樓　　電話●(02)8245-9896
新絲路網路書店●www.silkbook.com
華文網網路書店●www.book4u.com.tw

本書係透過全球華文聯合出版平台（www.book4u.com.tw）印行，並委由采舍國際有限公司（www.silkbook.com）總經銷。採減碳印製流程並使用優質中性紙（Acid & Alkali Free）與環保油墨印刷，通過碳足跡認證。

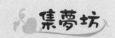